◆◆ 中国文学名家小小说精选丛书

无法抵达的旅程

瑞娴 著

江西高校出版社

JIANGXI UNIVERSITIES AND COLLEGES PRESS

南 昌

图书在版编目（CIP）数据

无法抵达的旅程 / 瑞娴著 . -- 南昌：江西高校出
版社，2025.6. --（中国文学名家小小说精选丛书）.
ISBN 978-7-5762-5581-2

Ⅰ . I247.82

中国国家版本馆 CIP 数据核字第 2024WH6380 号

责 任 编 辑　王龙睿
装 帧 设 计　夏梓郡
封 面 配 图　李川李不川

出 版 发 行　江西高校出版社
社　　　　址　江西省南昌市新建区工业二路 508 号
邮 政 编 码　330100
总编室电话　0791-88504319
销 售 电 话　0791-88505090
网　　　　址　www.juacp.com
印　　　　刷　鸿鹄（唐山）印务有限公司
经　　　　销　全国新华书店
开　　　　本　650 mm×920 mm　1/16
印　　　　张　13
字　　　　数　160 千字
版　　　　次　2025 年 6 月第 1 版
印　　　　次　2025 年 6 月第 1 次印刷
书　　　　号　ISBN 978-7-5762-5581-2
定　　　　价　58.00 元

赣版权登字 -07-2024-962

CONTENTS
目　录

无法抵达的旅程

第一辑

月夜听聊斋

◀ 猫 劫

金世缘客栈的老板老金有一只心爱的黄猫，不但善解人意，还有个奇异的特征：在阳光或者月光下，它的两只眼睛会变幻不同的颜色，一只是蓝色的，一只是紫色的，看上去非常神秘，你若是盯着它们看，会有一种陷进去的感觉，那两只眼睛好像海洋一样，深不可测。

不但如此，这只猫还会跟人"对话"，不仅会点头、摇头、摆尾巴、作揖、鞠躬、磕头等，当你问它事的时候，它还会用不同的神情看着你，让你在不知不觉中明晓答案。

比如说，你今天想出门，但又担心天气会有变化，你出门前就可以问问这只猫：小黄啊，今日天气出门可适合吗？

黄猫会沉默地看你一会儿，点点头或者摇摇头，或者将爪子放在你头顶拍一拍，那意思是：放心去吧，没事，老天爷会保佑你的；

如果它是拍怕屁股一言不发掉头而去，那意思就是：这样的天气出门，你这不是自找麻烦吗？你自己看着办吧，出了事自己打扫屁股就成！

因为这只猫与众不同，还有些神神叨叨的，住店的旅客们也都喜欢逗弄它一下，看个稀奇，消磨一下时间。这只猫，给旅店增添了不少的乐趣和神秘感。

时间久了，住店的人越来越多，都是被这只猫吸引来的，黄猫成了金世缘旅店的金字招牌。说实在的，老金的这个店毫无特色可言，房间收拾得一般，干净而已；饭菜拿得出手的也就是酸菜粉条子和蘑菇炖小鸡，只是因为店里有这只灵猫，让人觉得踏实、安全、吉祥，仿佛有神灵保佑一般，所以他们才愿意选择在这里住下来。

住店的人都猜想着，能拥有这样一只灵猫，那店主人也一定不是一般的人物吧？不过，见了店主老金，才知道他也不过稀松平常，多少有点失望。

老金个头不高，看上去挺敦实。他五冬六夏的喜欢戴个耳罩，天天笑眯眯的，脸上洋溢着一层柔和的光，挺满足的样子。他五官平淡，最明显的特征，就是那个勺子一样凸起的大后脑勺和那个红嘟嘟的大肉鼻子——它在平淡的五官中鹤立鸡群，令人想起冬天堆的雪人脸上按的那个胡萝卜。

老金操着一口山东土话，尽管他并没有生在山东，而是在长白山下的屯子里生活了一辈子，却还是改不了祖上传下来的乡音。从小，他就生活在说山东方言的环境里，爷爷奶奶和爹娘都是这样说话的，他长大了，自然这样说话，连他的儿子、孙子，也都这样说话。

老金说，人不能忘了自己是从哪里来的，说哪里话，就还是哪里的人。

说起来，老金与黄猫挺有缘分。那天，天奇冷，他和伙计去外地进货回来，穿越老林子到达村口时天就黑了，只有雪地耀眼的白。这时，他发现一只瘦巴巴的小黄猫畏畏缩缩地跟在后面，叫声十分哀怜。冰天雪地之中，这样一个小东西，若是无人关照非冻死不可，老金动了恻隐之心，停下马车招呼小猫过来。

没想到，小猫好像听懂了他的话，一瘸一拐地走到了他的脚下，看起来十分急切。老金将它抱起来，感觉到它冻得瑟瑟发抖，连皮毛都是凉的，实在是可怜，就将它带回了家。

小猫在老金的旅店里待了不到一个月，就大变了样，不但个头大了一倍，眼睛也有神了，虎头虎脑的像只大猫了。老金走到哪里，它就屁颠屁颠地跟到哪里，比任何的小跟班都忠诚。

小黄猫跟老金家的男女老少都很亲，大家也都喜欢这个来历不明的小家伙，把它当成了家里不可分割的一分子。

店里的客人听了老金捡猫的故事，都说这猫真精，会挑主人。老金不但人好，家境也富足，有吃有喝的饿不着它，更不会亏待它，去哪里找这样好的主家？并且店里来来往往的客人也多，热闹。有几只猫，能像这只猫这样有福气，能见到这么多的人和世面呢？

小猫静下来的时候，却显得有点拒人千里，它经常蹲在门前的石凳上，一动不动地望着远方，或者警惕地望着店里进进出出的客人，偶尔地叫一两声，叫得有些凄厉。

呼啸的大北风里，老金戴着大棉帽子，和伙计们一起来来回回地搬运着柴禾和粮食，一点没有店主人的架子。看见黄猫蹲在风口里，毛索索地抖着，就不由得想起捡它的那个夜晚。老金心疼猫，就扬扬手吆喝说："小黄，别在这儿蹲着，冷！快回屋烤火去吧！"

黄猫这才快快不快地回屋去了，也不看老金一眼。

住店的客人发现，黄猫白天一个样，晚上又一个样。月光下，它那双神秘的眼睛就格外幽深，格外凌厉。客人出来小解，冷不丁地抬头往屋檐上一看，见小黄也正用那双透明的眼睛盯着人看，幽灵似的，就不由得打一个寒战！

一晃十年过去了，老金更老了，小黄也老了，成了老黄。

眼看着快到人生的那个归宿了，老金越老越坦然自在，可是老黄却越来越显得躁动不安起来。老金觉察了，可是，毕竟人猫不是同类，他无法弄清猫的心事所在。

这天晚上，老金在后厨烤着炉火，喝了几两老烧酒，有了点醉意，就跟猫说起了闲话："老黄啊，有事你别憋在心里，你得让我知道啊。"

老黄猫一听，两眼顿时放出亮光，它爬起来，炯炯地望着老金。

老金用袖子抹抹嘴巴子，说："老黄啊，人活一世，草木一秋，猫也一样。我老了，你年纪也不小了。时间不等人，你还有什么心事想了的、该了的，现在就去了了吧，我能帮你的会尽量帮你的！"

老猫听了，给老金曲下了前膝，这就等于给老金跪下了。老金顿时意识到了问题的严重性，但他又无法完全弄懂老猫的意思，就说："老黄啊，你陪了我一辈子，早不是外人了，有什么事你不会说，但你总得开个示，让我明白吧？要不我怎么帮你呢？"

老猫用爪子拍了老金一把，让他看着自己的眼睛。于是，在老猫那双幽深的眼睛里，老金看到了这样的一幕：

冰天雪地里，一只小虎崽探头探脑地走出洞来，在刺眼的阳光下欢快地打着滚儿。

不远处，它的妈妈正在为他觅食，娘俩儿已经很久没吃东西了。

突然，一支猎枪从老树后伸了出来，朝着虎妈妈就是一枪！虎妈妈趔趄一下，怒了，朝着猎人就扑过来，一爪子撕下了猎人的狗皮帽子，顺带撕下了他半只耳朵。

可惜，没等虎妈妈进行下一个动作，猎人就再次举起了枪，连连地朝着它开了几枪，直到虎妈妈倒在了地上，鲜血把大片的雪都染红了。

虎妈妈临死前，眼睛还在朝着虎崽的方向眺望着，死不瞑目……

小虎崽在不远处，目睹了这惨烈的一幕。它逃回了洞里，在里面战战兢兢地看着猎人捂着流血的耳朵，招手唤了人来，将满身是血的母虎捆绑起来抬走了。

小虎崽在不久后便活活饿死在洞里了。临死前，仇人的身影一直在它的眼前晃动着。它脑海里最不可磨灭的，就是仇人的面孔：被撕掉的半只耳朵，胡萝卜似的大红鼻子，凸起的大后脑勺……

为妈妈报仇的执念，使小虎崽托生为一只猫崽，在莽莽苍苍的山野间，到处寻找着仇人的踪迹……

老金听了，沉默了半天，对老猫说，我年轻时是个猎户，为了生存，打死的野物不计其数。可是，从那次打死了那只母虎后，我就把猎枪送了人，再也不打猎了，开了这家旅店。这些年里，那些猛兽的咆哮声才在我的梦里渐渐少了。可是，终究是一条条性命啊。看来，欠下的债，迟早要偿还的，我最终还是难逃这一劫啊……

老金说着，摘下耳罩，露出当年被母虎撕扯剩下的半只耳朵，苦笑着说："十年前你在村头跟上我时，就该是认出我来了吧？"

第二天一大早，人们就发现老金死在后厨的案板上了，前面有两只歪倒的酒坛子，还有没吃完的大烟膏子。大烟膏子就酒，这分明是将自己往死里造，压根就不打算再活的节奏啊。

而那只老黄猫，也咬着老金的裤脚死去了。看那架势，似乎想咬着他的裤脚拼命阻拦他，以至于那双神秘的眼睛里，都流出了血来……

◀ 盗墓兄弟

大乖、二乖是兄弟俩，他们父母早亡，磕磕绊绊地长大，长得五大山粗身强力壮的，本来可以靠着一副好身板自食其力，可是他们却好吃懒做，不愿过面朝黄土背朝天的生活，总想着发一笔横财。所以，成年后他们就干上了挖坟掘墓的营生。

隔壁的老翁三爷是个说书的瞎子，过去兄弟俩的爹娘在的时候，跟他处得不错。他虽然看不见，心里却明镜儿似的，他知道兄弟俩干的是缺德的营生，觉得该替他们的爹娘管管他们，所以就在隔壁打着竹板规劝道："敲寡妇门，挖绝户坟。吃月子奶，欺老实人。干缺德事，做缺德人。多行不义必自毙，放下屠刀立成仁……"

兄弟俩听他骂得不顺耳朵，就跳过墙去，将他的榆木拐棍夺过来掰断扔到屋顶上，又将他按倒在地捶了一顿，差点将他的老腰捶成了零落的排骨。不知兄弟俩的爹娘在泉下有知，看到这一幕该作何感想？

以后只要在哪里碰见这瞎子老翁了，兄弟俩就忍不住要将他捉弄一番，大乖上去将他一个绊子拿到，让他先啃一嘴泥，二乖则将他的钱袋子夺过来揣在自己腰里，然而再随意扔几个铜钱，让他满地爬着四下里摸去。

当然，事先在老翁爬到的地方拉一泡屎，是兄弟俩的保留曲目。他们挤眉弄眼，不但要让老翁尝尝皮肉之苦，还成心要恶心他一番。变着戏法折磨人，本来就是他俩的特长。看着老翁被折磨得狼狈不堪，兄弟俩乐得耳朵都快要挂到后脑勺上了。

兄弟俩有数不尽的坏念头，使不完的蛮劲儿，天不怕地不怕，哪怕对着庙里的神灵也毫不敬畏。除了爹娘的墓不敢盗，兄弟俩没有不敢动的地方。

时间长了，隔壁老翁也就不吭声了，只有一声声的叹息。

没人说三道四了，兄弟俩觉得小日子过得畅快多了，更加肆无忌惮。有钱了，兄弟俩就暴吃暴喝逛窑子，无恶不作地瞎折腾一顿，很快就将钱造光了；没钱了，兄弟俩就穿上行头再去干一票。

所谓的行头，就是兄弟俩在盗墓之前先要装扮一番，打扮成恶鬼黑白无常的模样，大乖穿黑衣，二乖穿白衣，脸用锅底灰涂上，都戴着大高帽子，用对联纸剪出两条长长的红舌头粘在嘴上。

兄弟俩各有分工，大乖爬到墓里忙活，二乖则在地面上望风。月黑风高夜寂静无人，他们的计划就完成得十分顺利；碰巧遇到个走夜路的，只要二乖张牙舞爪地发出几声怪叫，人也就吓得屁滚尿流地逃走了，逃回家吓不死也吓傻了。

黑黢黢的墓地几乎成了兄弟俩的天下，他们屡屡得手，好不得意。得了钱就天天吃香的喝辣的，要啥有啥，而隔壁的老翁却饿得快要死了。

这天，兄弟俩又跳过墙去，他们本来想来捉弄老翁一番，取个乐子，没想到他已经奄奄一息了，看他躺在床上瞪着没光的眼睛就剩一口气了，兄弟俩觉得扫兴，就扔给他一袋子面、几个馍馍和两条啃剩的鸡腿，又从口袋里掏了几个铜板扔给他，然后就拍拍屁股走人了。

大乖说，不能让他死了，他死了谁骂咱们呢？

二乖说，就是！咱得留着他，好好折磨他。他死了，谁还能给咱哥俩送乐子呢？

就这样，靠着大乖二乖的恩赐，老翁又活了过来，继续"看"着他们造孽，继续在黑夜里发出一两声叹息。

这年冬天，镇上一个大户人家死了老爹，据说陪葬丰厚，被很多盗墓者盯上了，兄弟俩也不例外。无奈，大户人家对老爹的墓极为重视，专门派了一对老夫妻在附近守墓，还专门给他们盖了两间泥屋，养了一条剽悍的大黑狗。

那大黑狗目露凶光，体型巨大，一有风吹草动就汪汪地狂吠不止，一看就是个不好对付的主儿，因而吓退了一拨拨干盗墓营生的人，让墓主搂着自己的陪葬安然无恙地度过了冬天，迎来了春寒料峭。

不过，大乖二乖岂是能轻易放弃的人？世上无难事，只要费心思。他们觉得那对老夫妻好说，不好对付的是那条恶狗，因而就专门买了毒狗的药，准备拼一把。

为了万无一失，兄弟俩还特地去镇上找算命的瞎子卜了一卦，看哪天适合他兄弟俩做"大事"。瞎子掐指一算,伸出一个手指头,又伸出了五个手指头。兄弟俩面面相觑,半天才明白:原来这是让他们这月十五行动呢!

但是,十五恰是月圆之夜,月光朗朗的,岂是干这种见不得人的事的好时机?兄弟俩心怀疑虑,吞吞吐吐地提出自己的疑问。

瞎子斩钉截铁说,放心。世事无常,宇宙最亘古不变的道理就是一个"变"字,年年变月月变天天变时时变,月圆夜也有可能云彩遮挡,数九寒天也一样日光朗朗,运气好了做梦都能娶上媳妇,运气不好了,放屁都砸脚后跟,喝口凉水都塞牙。

兄弟俩大眼瞪小眼听了半天,瞎子说的无非就是那个意思:这月十五是他俩成事的好日子,错过了这个村可就没这个店了。

到了十五这天,果然如瞎子说的那样,变天了。黑云把天空遮得死死的,好像专门为兄弟俩拉上了遮羞的幕布。风也不小,刮得门窗呼哒呼哒响,这样的黑夜"干大事",真是老天爷赏饭吃。

兄弟俩大喜,立马揣着毒药和盗墓工具开始行动,身手在夜幕下比耗子还敏捷。

他们先是悄悄地来到了老夫妻的泥屋附近。奇怪的是,只见屋内的蜡烛亮着,却不见恶狗的身影。要是平时,它早就一蹦三个高咬起来了,狂吠声能传个方圆十里,能将这浓重的夜色也撕破了。

兄弟俩在院墙外小心翼翼地转着,终于在粮囤旁发现了恶狗,它趴在地上一点声响也没有,也不知是睡了,还是死了。看它嘴边的盆子里有半个没吃完的包子,兄弟俩有些疑惑,但也顾不得多想，就将涂着毒药的鸡腿悄悄地扔过去，等于加个双层保险，然后趁着这难得的寂静往墓地里溜去。

大乖和二乖溜到墓地，却发现那大户人家的墓前竟然晃动着两个人影，想起那只没了动静的老狗，兄弟俩立即就意识到了，这一定是同道中人要先下手为强了！在这片地儿上，竟然还有人想和他兄弟俩抢"生意"，胆儿真够肥的！

兄弟俩怒火中烧，冲上去就要和那俩人厮打，快跑到近前了，不禁哑然失笑：那两个人竟然跟他们装扮得一模一样，一个穿白衣，一个穿黑衣，头上都戴着高帽儿，伸着长长的红舌头，这分明是模仿他们的伎俩啊！

面对这山寨版的自己，兄弟俩气不打一处来，拿出家什就要朝那俩人影打下去，却隐约发现不太对劲：那两个"同道中人"并没有迎上来和他们厮打，而是像影子一样慢慢地飘移过来，行动机械而迟缓，更奇怪的是，他们的手里竟然还拿着锁链和棍子！

这哪是同道中人，这分明就是来人间捉人的恶鬼黑白无常啊！兄弟俩顿时吓得魂飞魄散，撒腿就跑，黑白无常在后面紧追不舍。等跑到老夫妻的泥屋外，看见灯光了，黑白无常才隐身不见了，兄弟俩也吓得一头栽倒在了地上！

这时，隐藏在草丛中的"黑白无常"才又站了起来，悄悄地跑到老夫妻的小屋里脱下无常服，换上平常穿的素朴衣服，咦，这不正是那对老夫妻吗？

就听老头如释重负地说：好，这下不但护住了老爷的墓，瞎子兄弟托付的事儿也算有个交代了。

老太太则说：呸！看他俩以后还敢不敢再干挖坟掘墓的缺德事儿了！

老夫妻的话，吓晕了的大乖和二乖当然没听见。他俩更不知道的是：算命的瞎子和他们隔壁的瞎子原本是师兄弟，为了不抢对方的饭碗，他们才走了不同的道，一个做了说书人，一个做了算卦的，相辅相成，相依共生。说书人平时来镇上说书，就住在算卦的家里。

说书的知道兄弟俩来算命，一准儿是为干那缺德事。所以他和算卦的一合计，想了一个逼兄弟俩改邪归正的招儿，托人捎信给那对老夫妻，让他们对老爷的墓严加防范，并且配合他们演一场戏，这样既能保老爷的墓周全，也能让兄弟俩吸取教训。

大乖二乖苏醒后，相携着悄悄地跑回了家，从此再也不敢做那缺德事了，租了几亩薄田耕种收获，尽管清苦，心里却踏实了。见了邻居老翁，也是恭恭敬敬客客气气的。

他们又相处了多年，直到老爷子去世。那天，还是兄弟俩披麻戴孝给他送的葬呢！

第一辑 月夜听聊斋

013

◀ 拉 鬼

喜姐这人性情直率，大大咧咧的像个男人。她爱笑，喜眉笑眼的特喜庆，笑起来更有特色，"嘎嘎嘎嘎"地像个老母鸡，根本停不下来。本来很平常的一件事，到了她那里就不知多好笑似的，怎么笑都笑不够，往往笑得别人肚皮都疼了，她还在那里笑个没完没了。

喜姐单位不好，发不出工资来，老公以前受了点工伤，如今赋闲在家，只能干点烧火做饭洗衣买菜的活儿。女儿还在上高中，一家人就靠着喜姐赚钱养家呢。

泼泼辣辣的喜姐把脚一跺，就准备去买了辆二手车，开出租去！

隔行如隔山。为了熟悉这一行业，喜姐就先拜了个师傅——乐哥。

乐哥是喜姐的一个朋友给介绍的，平日里也和喜姐一样幽默，爱说爱笑，但他大男子主义比较严重，看见喜姐长得小巧玲珑的，跟个蝉龟儿差不多，就跟她说："你个女人家，咋想到干这一行呢？

在家里烧火扒拉孩多好。你看开出租车的，有几个是女的？"

喜姐笑嘻嘻地说："嗨，师傅，咱单位不好，这不也是为了吃上口饭嘛。"

乐哥不以为然，说："嘁，你这怎么也不像吃不上饭的样儿啊，看都胖得跟球似的了。再加把劲儿，都可以跟乐哥我媲美了！"

喜姐看出乐哥不想带她，就说："咋的啦师傅，非得饿成虾皮才能干这一行啊？您就直说，您想带我还是不带吧。您要是不想带，我立马就下车去，省得我这体重将您的车给压爆胎了。"

话都说到这个份儿上了，乐哥也不好说啥了，毕竟喜姐是朋友介绍的。于是，就给她讲了干这一行的一些规矩，譬如如何抢单、几点是高峰期、几点油费加价之类的，喜姐一一记在心里。

乐哥今年四十多，从握上方向盘的那天起，就没换过其他的职业，对于这一行的甘苦门儿清。喜姐问他，干这一行有危险没有，乐哥回答说，有啊，咋能没有呢？你没看现在的车在司机座位和后座之间都拦上网了吗？就是为了防止被暴力乘客偷袭的！

接着，乐哥就举了很多鲜活的例子，把喜姐唬得一愣一愣的，不停地用纸巾擦着额头上的汗。

乐哥一看，敢情这个咋咋呼呼的女汉子胆儿也不肥啊，就给他讲了一个"拉鬼"的故事，想将她想开出租的热情吓回去——

乐哥刚做出租车司机的第一年，开着新车往郊外送了一个人。那时，没有导航系统，送完人回城时就迷了路。

经过一片拆迁后的断壁残垣时，乐哥远远地看见一个女子冲着他招手，就将车开了过去。那女子穿着红西装红鞋子，头上戴着红花，打扮得像个新娘子。

他将车停在女子身边，问她去哪儿？这才发现女子是个哑巴，不会说话。她不停地用手指着前方，咿咿呀呀地比画着。乐哥不知她指的是哪儿，只好先让她上了车，慢慢地开着往前走。

那天车的空调出了点问题，女子上车前，乐哥脖子上搭着条白毛巾，时不时地擦着汗；女子上车后，乐哥却感觉脖颈子后面一阵凉飕飕的，心里直犯嘀咕。

突然，红衣女子在后面拍了拍乐哥的肩，冷不丁把乐哥吓了一跳。原来是女子到了，她用手比画着要下车，还把车费塞给了乐哥。乐哥把车停下，看着女子往前面的建筑物走去，定睛一看牌子上的字，原来是火葬场。

乐哥的心里"咯噔"一下，低头看手里女子给的钱，原来是几张祭奠用的纸钱。抬头一看，光天化日之下，刚才还在路上袅袅婷婷走着的女子不见了！

乐哥吓得魂飞魄散，急忙调转了车头，疯了似的往回开去，方向也辨不清，幸亏遇到了一位开出租的同事，跟着他的车回了城里。

第二天，乐哥就爬不起来了，发起了高烧，说着胡话。乐嫂吓坏了，连忙请了一位高人来看，高人说乐哥昨天拉了一个鬼，人家看上他了，要将他带走成亲呢！

乐嫂半信半疑，打发人去火葬场看，果真见那里躺着个女子，红衣红鞋红盖头，还没火化呢。赶紧回来报告，让师父给做了场佛事驱鬼，这才救了乐哥一命……

喜姐听了乐哥的故事，吓得缩着脖子半天不说话。她问乐哥这故事是真的还是假的？乐哥回答说，你说是真的就是真的，你说是假的就是假的！

喜姐翻了翻眼珠子："师傅您绕口令呐！"

乐哥问喜姐还敢不敢干出租这一行？喜姐咬了咬牙，干脆利落地说："敢！有啥不敢的！"

这下轮到乐哥挠头了，既然吓不住她，那她成为一个出租车司机已经是板上钉钉的事了。

喜姐果真买了一辆新车，戴着白手套跑起了出租。她牢记着师傅乐哥的教诲，并将他说的那几个案例牢牢记在心里，小心谨慎地跑了一天又一天，越跑越顺溜了，心里不由得美滋滋的，没顾客的时候，她就用五音不全的嗓子哼着刀郎的歌儿："2002年的第一场雪，比以往时候来得更晚一些，停靠在八楼的二路汽车，带走了最后一片飘落的黄叶……"

这天，喜姐往郊外送完了人，又上来两位胡子拉碴的顾客，一人背着一个破工具袋子。不知道为什么，从这两人一上车，喜姐就有种不好的感觉，总觉得这俩人不像好人，因而就十分警惕，不时从后视镜里偷偷窥视，就见两人不时交流着目光，手似乎还在下面的工具袋里摸索着什么。

喜姐心里叫声不好，她记起附近好像有个乡镇派出所，就往着那个方向开去，眼看着快要到派出所门口了，两个乘客开始疯狂地敲打她的后座，喊着："停车！停车！"

车一停，两个乘车就跳了下去，钻进不远处的玉米地不见了。

喜姐下车到后面查看，发现那两个工具袋他们忘了拿。打开一看，里面绳子、匕首、眼罩什么的都有。再一扒拉，竟然还有一支手枪，只不过是假的。

喜姐吓出了一身冷汗，暗想幸亏听了师傅的话，时时保持着警惕。她提着那个工具袋，去派出所报了案。

录完笔录，天已近黄昏，还下起了霏霏小雨。喜姐还沉浸在刚才的情景里，一边在泥泞小路上开着车，一边心惊肉跳。本来不想拉客了，却见路边一个穿蓝衣服的女的招手拦车，她也没有伞，头上蒙着件衣服。

喜姐见前不着村后不着店的，还下着小雨，就动了恻隐之心，让蓝衣服女人上来了。

那女人上来之后，喜姐却后怕起来，因为她想起了师傅讲的那个拉鬼的故事。她从后视镜里偷瞄了一眼，见那女子面无表情，嘴唇发青，立马紧张得腿都抖起来了。她也没想到自己平时跟着女汉子似的，此刻却被一个瘦巴巴的女人吓成这样。

喜姐合计着，管她是人是鬼，与其让其吓死，还不如趁早将她赶下去，于是，就神经兮兮地大喊起来："下去，下去。车费不要了，你赶紧给我下去！"

那蓝衣女子呆了呆，嗫嚅着青紫的嘴唇啥也没说。车门一开，她就"咚"的一声就跳了下去，瞬间消失得没影儿了！眼见着这么大活人眨眼消失，喜姐吓得上嘴唇都找不到下嘴唇了，喃喃自语着："拉着鬼了，拉着鬼了！"

喜姐慌忙发动了车要跑，却见一边的车窗上颤悠悠伸出来了

无法抵达的旅程

一只手，吓得她声嘶力竭地喊起来："救命啊，救命啊！……"

喜姐边喊边拼命地踩油门，可是车却像被孙悟空点了穴一般一动不动，显然是被鬼拉住了！

就在喜姐鬼哭狼嚎叫天不应叫地不灵的时候，后来"噗噗噗"开来一辆摩托车，骑车的小伙子冲喜姐喊着："你车轮掉水洼里了，能开得走吗？"

说着，小伙子就跳下车，先将刚才掉进水洼里的蓝衣女子拉出来，随后又和她齐心合力地帮喜姐将车推了出来……

喜姐后来也收了一个徒弟，她在跟徒弟说起这件事的时候，笑得前仰后合的。徒弟问她到底有没有鬼，她也像师父乐哥那样说："你说有那就是有，你说没有那就是没有！"

◀ 夜行鬼影

　　这是件发生在战争年代的奇事，"奇"到成为当事人一生的心病，让她每每想起便冷汗直流，直到苍苍暮年才恍然揭开了谜底。

　　虽然，这个谜底也无法通过科学的验证，并且，十有八九的人会对答案持怀疑态度。

　　当事人是一位抗战女兵，当时的身份是位话务员。她跟着部队在湘西大山中与鬼子部队周旋，精神高度紧张，没准一颗冷弹飞过来，这条小命就交还给大地了，因而她们每个人都写好了遗书，并且将自己的后事托付了最信任的战友。

　　可是，谁又能保证自己能活下去呢？也许不等一场仗打完，自己或者托付的人就死了。任何人跟子弹都没有交情，这玩意儿六亲不认，专要人命。

　　这天，她们又夜行军，不敢点火把，怕被敌人发现。估计敌人也是这么想的，仗打到这个份儿上，都已经筋疲力尽了，不敢明目张胆招摇过市，以免招打。

无法抵达的旅程

020

在这神秘幽深的莽莽大山里，敌我双方斗智斗勇，藏起了猫猫。

就这么着，双方还是不可避免地遭遇了。都没点火把，都悄无声息，等意识到对方迎面而来的时候，已经快碰到了对方的鼻尖，听到了对方的心跳声。军人的职业敏感性，使双方迅速做出了反应——几乎是不假思索全靠本能的反应！

一时间弹雨疾飞，人仰马翻，如夜幕下下了一场猝不及防的流星雨。

一场惨烈疾速的火拼后，部队被打散了，话务员女兵这一支只剩下了九名官兵——七名男兵，两名女兵。

身上还披散着硝烟，满身的火药味儿，掉队的孤单无助暂时还没感受到，只知道拼命地往前赶，寻找着出山的路。走着走着，也会不小心踩到软绵绵的尸体，不知是哪方的，也不敢叫，以免再引来狼群。

九名官兵在上尉的带领下星夜赶路，敏感的女话务员突然感觉到一种异样的喘息声，回头，她不由得汗毛乍起：队伍的最后面好像多出了一个人！尽管黑黢黢的看不清楚面孔，但看军帽的形状和衣领似乎不是自己人。

女话务员没敢声张，因为此时的一举一动都会引得这支只有九人的小分队军心动摇。她平复一下急促的心跳，用眼睛的余光悄悄扫视着队伍，点了点人数，没错，是十个人，多了一个！

女话务员悄悄蹭到了上尉的身边，用手拽了拽他的衣角，又用手指了指后边，将自己发现的信息精确地转达给了他。

上尉心领神会，但也不动声色，只是在夜幕中朝着女话务员悄悄地伸了伸大拇指，为她的镇静点赞。上尉发现后面的确是多了一个人，一个和他们一样扛着枪的人！

他是谁呢？是敌是友？他井然有序无声无息地跟在后面，好像他们中的一员，似乎并没有偷袭或者和他们对着干的意思。

上尉决定先不声张，静观其变。因为战斗后的疲累和脆弱，已经让他们经不起任何的风吹草动了。

如果那个多出来的"人"能一直这么规规矩矩，相安无事，那他们也就多一事不如少一事；如果他真的是潜在的炸弹，或者对他们形成威胁，那他会以最快的速度做出反应，不会让他伤害到任何一位战友。

再说啦，九个人对付一个，任他是人是鬼他都没有胜算的可能。

拂晓前，这支与部队失联的小分队终于找到了出山的路，一路紧绷着神经的女话务员不由得长吁了一口气，一颗悬着的心也轻轻落回了胸膛。

上尉让队伍停下，排好队形清点人数。不多不少，九个。这时，上尉才敢告诉大家多了一个"人"的事情，大家都半信半疑。

上尉用手指指后面，大家顺着他手指的方向往后看去，只见远远的，一个身影站在大山与道路的分界线上，黄色军装，戴着头盔，手中横端着一杆三八大盖……

大家都不由得倒吸了一口凉气，根根汗毛乍起。一阵山风吹来，仿佛带着幽怨的叹息与哀号，让所有的人不由得迅速转过身去，加快了行军的脚步……

后来，这位上尉随部队去了小岛，一直在军中服役，最后官至师座，女话务员则留在了大陆，过着平静的生活。只是那次诡异的夜行军事件，却成了她一生的心病和百思不解的谜题。

后来两岸三通，女话务员与师座恢复了联系，写信将旧事重提，并提出了心中的疑问与困惑。

师座对当年发生的夜行事件也记忆犹新，毕竟这不是他们一两个人的发现，他们小分队九个人全都看见了，全都可以作证。眼见为实，丝毫不虚。

师座决心解开这个谜题，给数十年前那个硝烟弥漫的黑夜一个答案。

经人推荐，师座在岛上找到了一位得道高僧，详细向他说明了原委。高僧捋了捋长长的眉毛说，那其实就是个鬼子兵的行尸走肉啊！

"行尸走肉？"师座一愣，一惊，神情茫然。

是啊！高僧说，他并不知道自己已经死了，心中的一点执念支撑着他，他想回家，回他的东洋老家和他的亲人们团聚，因而他跟在你们的后边，想让你们带他走出大山。无奈人鬼殊途，你们可以走在光天化日下，而他却不能，一旦明灿灿的阳光出来，他立刻就会魂飞魄散，他与他的战友们只能游荡在那座大山里，永远也别想再走出去了！

高僧又给师座打了一个司空见惯的比方：在自然界中，很多昆虫明明已经身首分离，或者身体支离破碎，却还在拼力地朝前爬行，而没了脑袋的禽类还能活蹦乱跳，被杀了头的公鸡，还能一蹦三个高，并且会用没有脑袋的身子蹦跶个半天。

师座恍然，随后点了点头，发出一声复杂的叹息。

后来，师座将高僧的解释一字不漏地写信告诉了女话务员，女话务员这才释然了，晚上睡了个无风无浪的好觉。

再后来，女话务员就将这件奇事告诉了一个叫老茶的作家，因为她是老茶的姑姥姥；而老茶又将这个故事讲给了我，因为他是我一直联系却从未谋面的朋友。

第二辑

正经也荒诞

◀ 奇手神偷（一）

二娄是个小偷，他长着一双奇手：食指和中指一样长。

世上真的天生有这样的奇手吗？当然没有，二娄那是硬生生跟着师父练出来的！

二娄的师父江湖人称"铁手老刁"，据说他的手刀枪不入，什么火中取栗、油锅中取铜钱都不在话下。二娄跟他学徒的那几年，牢记师父的教诲和那首歌里唱的"没有人能随随便便成功"，刻苦演练武艺，每天都要做拉伸运动，将食指拽呀拽呀，用了两年工夫，终于将食指拽得和中指一样长了。

师父教了近 20 个学生，只有二娄练成了奇手，成为师父的骄傲，也只有他，有了进阶跟着师父继续学艺的资格。直到这时二娄才知道，让两根手指变得一样长，只是练成师父铁手绝招的第一步。接下来，才是真正变成"铁手"的训练！

练手的过程很漫长，二娄吃尽了苦头。手不是被师父用棍子打青了，就是被烫得半熟了。那几年，二娄的眼睛像钟表一样，一刻不停地跟着师父转，脑子里琢磨的净是那些能够获取宝物的动作，逐渐将那只手练得炉火纯青了，师父的那套手艺，什么火中取栗啊、油锅中取铜钱啊，也都学到了手，变成了真正的铁手。

这么珍贵的手，要是搁到现在，二娄早就给它买上保险了。

师父对二娄非常满意。二娄学成结业时，师父拍打着他的肩头说："成，你学得不赖，练成了真本事，算是得了师父的真传了。这活儿一般人练不了，你练成了，说明你不是一般人。"

接着，师父又对那几个没出徒的弟子说："人往高处走，水往低处流。干我们这一行要想成为一个人物，就必须像二娄这样扎扎实实地学技艺，练成真功夫，不能玩虚的，玩虚的就甭想将别人的钱掏到自己的口袋里。"

听得出来，师父挺以二娄为傲，对他说的话全是赞美，而对其他徒弟就没那么客气了："你们要是哪一天被人家抓住了，或者干不成事快饿死了，别说是我铁手老刁的徒弟，我丢不起这个人！"

二娄学成了"武艺"后，接连干了几票大事，在圈里有了知名度，站稳了脚跟。整个县里的人，也都知道了老"铁手"有了年轻的接班人，功夫不比师父差，都紧张兮兮地捂着自己的钱袋子，怕被他盯上。

二娄"发达"了后，自然也忘不了师父，背着一蛇皮袋子宝贝去答谢师父。师父告诫他说，干这一行也有自己的规矩，人不能太贪了，得了还要舍，不舍就是灾。

一次，二娄在乡镇集市上转悠，看见一个老头蹲在地上卖兔子。二娄看他跟自己的爹年纪差不多，穿着破旧，天冷，他冻得一把鼻涕拖老长，一上午只卖出了一只兔子，也真够可怜的。

老头拿着卖兔子的钱来到肉摊前，抖抖索索地掏出钱要割几两肉，看见二娄从他身边走过，老头的手抖得更厉害了。二娄是个"三只手"，这集市上的人都知道，只是没拿着他的手腕子，都只是心知肚明而已。

二娄看老头真心害怕，就走过去，主动拍拍他的瘦肩头，贴着他的耳根小声说："爷们，你该买啥买啥，该付钱付钱，放心，你那几个钱我看不在眼里！"

二娄说完就走了，老头没发现，他还在自己的口袋里悄悄地塞了几块钱。此后，那些集市上的老弱病残，口袋里经常会多出个三元五块的来，也不知道是哪里来的；而那些戴着大金链子夹着包在街上晃来晃去的、搂着小三招摇过市的、欺行霸市横行乡里的，保不齐哪一刻揣着的票子就不翼而飞了。

二娄有二娄的规矩和讲究，他只偷那些他认为该偷的、有钱的——尤其是那些有钱却不是正经门路来的。所以，他认为自己盗亦有道，是个侠盗。

后来，二娄查字典才知道"侠盗"这个词儿很大，而自己这样的小打小闹只能称为"偷"，而且是"小偷"，算不上"盗"，更算不上"侠盗"。像人家燕子李三、佐罗、罗宾汉那样的大盗，才能称得上"侠盗"。

二娄暗自惭愧，从此一直都在为做个"侠盗"而努力，却始终难以如愿，因为他的活动范围太小了，而且又基本是在乡下，严重地限制了他的发展。

二娄心气很高，瞧不上那些小打小闹，更瞧不上那点小钱，一心干票大的。可惜，那些年都穷，哪有"大事"可干？尽管他练就了一双铁手，却也只能搞个三核桃俩枣的，算是高射炮打蚊子——大材小用了。他那点"手艺"，一方面要养活家口，一方面还要像师父说的那样"舍"——用来做点"善事"，无论对谁来说都只能算是毛毛雨，微不足道，这让二娄有点沮丧。

二娄下了决心，要离开家乡去城里闯荡闯荡，干一番"大事"，结果天不遂人愿，他老爹突然半身不遂了，需要人照顾。"父母在不远游"一直是二娄提在嘴上的人生信条，他不能违背了，自己打自己的脸，让弟兄们说道。

于是，二娄只好留下来了，从此再也没有走出家乡，走出方圆百里那些大大小小的集市，一个"孝"字将他的一生牢牢地拴住了。

每每提起这，二娄都有些意气难平，觉得自己江湖太小，生不逢时，错失了到大江大河中一战成名的机会。师父也说过，方寸之内，很难成就大事，这叫二娄怎能不委屈呢？

二娄的人生，除了家庭的拖累，还有很多的不如意。他自认为是一个"有本事"的人，媳妇却大字不识，言语粗陋。

二娄干这一行，他媳妇也知道，却假装不知道。她是一个很矛盾的人，一方面希望二娄能够发一笔横财，让家里人从此过上好日子；另一方面又怕一旦被抓住有牢狱之灾，不但名声不好，还影响孩子们的前程。

所以，每当二娄带着"战利品"回家时，二娄媳妇就表现得欢天喜地，对二娄伺候得那也是尽心尽力，端洗脚水捶背，恨不得给他做丫鬟；但是一旦二娄颗粒无收时，她要么就甩脸子，像谁欠了她八百吊似的；要么就横眉怒目指桑骂槐，骂得人很不自在，连左邻右舍听了，都以为她是骂自己。

二娄面对着这么一个喜怒无常的媳妇，有时也挺烦，有时也堵得慌，曾经对人吐槽要"休了她"，但二娄也就是过过嘴瘾，却并没有行动，因为他尊崇"父母之命媒妁之言"，又看在媳妇辛苦养育两个孩子的份儿上，所以并没有真动离婚的念头。

可能是命中注定，二娄只能留在一个小地方做他的"侠盗"。凭着那双铁手，他也算是让一家老小过得丰衣足食了，并且也让周边那些老弱病残有点零钱花花了。他家是村里第一个盖上大屋的，令村里人羡慕得不行，各家的老婆在数落自己的男人时总是说：你有本事！有本事也像人家二娄那样，将两个手指头捋得一样长试试，说不定如今我们家也住上大屋了呢！

既然去不了大城市，不能大展宏图，二娄也就死心塌地地留在乡下了。除了干那个行当，二娄始终没放弃他的农民身份，并且还将这个身份做得很成功，无论种地还是种菜他都是一把好手，这点连他那瘫痪在床的老爹都服气，说他从小脑子就好使，没想到他还能扑下身子来出大力。

这些年，流行种蔬菜大棚，二娄和老婆也种了一个。望着那一棚绿油油的蔬菜，老婆喜得跟什么似的，干劲很高昂，经常一大早就用自行车带上一篓子蔬菜，送到城里的那家饭店去。日日有收入，这让老婆对二娄的期望也不那么殷切了。

这天，二娄老婆刚要去城里送菜，却不小心把脚崴了，就打发二娄去送。二娄本来有别的事要做，但为了不惹得老婆那个"二踢脚"爆炸，就把烟往耳朵上一夹，随意地接下了这个任务。

　　一上路，二娄就体会到老婆的不容易了。这天刮大风，吹得呼呼响，二娄生得瘦小，压不住自行车，被刮得东倒西歪，两个车轮像两片树叶子。后面上来辆大货车，车厢用纱网罩着，不知道里面装着啥玩意儿。车从身边越过时，二娄敏捷地用那只铁手抓住了后挡板上的抓手，这样他就轻省多了，不用蹬也跑得飞快。

　　二娄搭车，本来没有任何的企图和非分之想，只想"好风凭借力"，快跑到城里把菜交了完事。可是人一轻松下来，好奇心也就来了，职业习惯使他忍不住抬头望着车厢，猜测着里面装的到底是啥？

　　货车司机从后视镜里看到有人搭顺风车，就动了坏心思，趁二娄不注意，他突然来了一个急刹车，二娄没有防备，瞬间失去了控制，连人带车摔倒在地，不等他反应过来，他那只"铁手"就在车轮下化为了一滩泥巴……

◀ 奇手神偷（二）

二娄在扒顺风车被车轮碾去那只铁手后，颓废了好长时间，甚至有几次想喝农药自杀，被他的老婆发现后夺了下来。

失去了铁手，无疑也就失去了安身立命的根本，对二娄来说，这是这辈子最大的打击，更是一种窝囊和耻辱。可是，这样的事儿又没法儿打官司告状，二娄也只好自认倒霉。

事发后，二娄蜷缩着袖子到师父那里哭了一场。师父已经金盆洗手了，但虎死不倒威，江湖的那张太师椅还是他的。师父也没想到自己最得意的徒弟竟把自己最宝贵的手搞丢了，同时丢了的还有他传授的那些"手艺"。师父在心里骂娘，但也不好说啥，只好安慰说："二娄，有首歌不是叫《从头再来》吗，你也从头再来吧！"

二娄当时就忍不住吐槽："还从头再来呢，我手都没了还从头再来个屁呢！"

师父启发他说："人没有被尿憋死的，你这只手没了，不是还有另一只吗？人家那些生来就没手没脚的人，不也没饿死吗？

无法抵达的旅程

况且老天爷还给你留了一只好手，待你不薄了，犯不着哭天抹泪的，多怂。"

二娄后来一想，师父说得也对。不能因为丢了一只手，就把志气也丢了。丢了右手，不是还有左手吗？

二娄在痛苦和自暴自弃中挣扎了很长的时间，看着日子过得紧巴巴的一家老小和瘫痪多年的父亲，还是决定重出江湖，东山再起。二娄决心把自己左手的潜力发挥出来，替代那只失去的铁手。

二娄这样做，并非全为了重操旧业，而是为了争那一口气——是的，他不蒸馒头也要争口气，让人看看，他二娄不是那么轻易就被打倒的。丢了手的日子里，到处都是风言风语，幸灾乐祸，说他二娄这是活该倒霉，手不老实，被老天爷收去了！别人骂也就罢了，连那些得了他济的糊涂老人家也跟着骂，二娄心里能不委屈吗？

师父的话，给了二娄巨大的信心，从此他开始锲而不舍地训练自己的另一只手，希望这只手也变成铁手，带给他新的希望。

可是，两只手本来是互帮互助、相互配合的，一只手没了，只剩下这孤单单的一只，谁来帮它呢？谁能帮它将那个短短的食指拽长，让它变得跟中指一样长呢？

这艰巨的任务靠自己无疑是无法完成了，二娄只好求助于老婆。可是，老婆种大棚已经种上了瘾，每天也都有了相对稳定的收入，虽然不多，但一家的吃喝用度不用愁了，所以不愿意二娄再去重操旧业担惊受怕了，希望他走条正路。

二娄也没想到老婆有了这么大的转变，只好对她承诺说，他现在练手只是为了自己拿东西能得劲些、灵便些，不是为了当第三只手用，老婆这才答应帮他。

就这样，在老婆持之不懈的拉拽下，二娄的食指一天天有了变化，但总归不是年轻时候的手指了，那时候弹性大，见效快，现在这手指老了，定型了，也僵硬了，拉扯着像根木棍子，不太听使唤了。这让二娄很苦恼，对自己的决定也产生了怀疑，一是怀疑自己这双手还行不行，还适合不适合重操旧业？二是自己如今也一把年纪了，还有没有必要和自己较这个劲呢？

最终，二娄还是决定继续练下去，好给自己那只失去的手一个交代。人活着就是为了一口气，不能让劲儿就这么散了。

二娄对左手的训练更加艰苦卓绝，他对待自己简直就像对待犯人一样狠。老婆下地干活或者去大棚的时候，他就让老婆帮他将手指固定在一个地方，他自己拉伸。他爹在屋里渴了，喊他："二娄，你在那里干啥哩，不管你老爹啦？快过来给我倒杯水喝。"

老爷子在炕上躺这些年，吃喝都不碍事，吆喝的底气还是那么足，这也全赖二娄和老婆照顾得周到。二娄听见老爹喊，知道一旦慢了他又会骂骂咧咧，就赶紧用大拇指和中指将食指解开，颠颠地跑回房间伺候老爹去。时间长了，他这几个指头都越变越灵活，协同作战能力也越来越强了。

又是好几年过去，二娄的食指和中指终于也一样齐了，他的左手也终于变成了铁手！他找过去的同门师兄过招儿，竟然赢了，师兄翘着大拇指夸他老当益壮，宝刀不老；他又张着这只铁手去让师父看，没想到师父得了肺癌，躺在炕上喘息着，瘦成一把骨头了。

师父看二娄把铁手练成了，显得挺服气，也挺欣慰，有气无力地说："嗯……看来你这只铁手，不亚于原来那只啊，你要是能重出江湖的话，雄风一定……不减当年啊！"

二娄看师父病得不轻，一心想干票大的让师父瞅瞅，以免他走了看不到了，留下遗憾。

令二娄始料不及的是，在他偃旗息鼓退隐江湖的这些年里，世界已经发生了翻天覆地的变化，干这一行的无论作案工具、作案手段还是作案方式都跟过去不一样了，而且到处都是监控和报警系统，连角角落落的地方都安上了，不等出手可能就被人抓着了！

几位同道中人聚到一起，喝着劣质的老白干唉声叹气，感慨唏嘘，说这一行越来越难干了，莫说干票大的，能得手就已经很不容易了！他们一位师兄前些日子进去了，被判了七年！大家个个吓得闻风丧胆，再也不敢轻易行动了。有师弟说，如今这一行不好干了，他已经打算改行去做骗子了，立即有师兄呵斥他说，咱们是凭手艺靠真本事吃饭的，不能去做那些虚头巴脑的玩意儿！

二娄直听得脊背发凉，他没有想到，如今这一行已经没落到了这种程度，他感到了深深的绝望和恐惧，而随后发生的一件小意外，却将他仅存的那点心气劲儿也打击得消散殆尽了。

这天，二娄漫无目的地在街上闲逛着，走过一辆看上去价格不菲的轿车时，不知怎么碰了一下，车立即嘟嘟嘟嘟地响了起来，声音跟警车声一模一样，二娄下意识地撒腿就跑，等气咻咻地跑到家才明白过来，自己是神经过敏了。他本来啥都没做，咋就成了惊弓之鸟呢？他这辈子最得意的事情，就是屡屡得手，却从来没有被抓着过。如今，怎么突然就没自信了呢？

二娄十分沮丧，也暗自羞愧，他不得不承认：自己已经过时了，已经被这一行淘汰了，即使他仍然拥有一只铁手，却已经不是传说中的铁手神偷，而是这行业里地地道道的边缘人了！

就这样，二娄还没等重出江湖呢，便已经一败涂地了。他开始天天借酒消愁，颓废得一塌糊涂。没等他干成这一票，他的师父也一命呜呼了！

在师父的葬礼上，二娄哭得呜呜的，他终于没能赶在师父闭眼之前，让他看到他的铁手重振雄风。如今，师父去了，他的雄风怕是再也振不起来了！

令二娄感到遗憾的，还有另一件事：在二娄的"事业"最辉煌的时候，他曾经有个梦想，那就是成为这个县里的"铁手"之王，但是那个时候师父还在，有他在，谁也甭想成为江湖老大。现在师父没了，又没人给他们论资排辈了，再也没人知道他二娄曾经的风光了。

不久后，二娄那瘫痪多年的爹也走了，抽走了他最后一点心气。

二娄从此心灰意冷，却也如释重负。他觉得自己没必要再跟自己、瞧不上跟这个世界较劲了，都已经过了40不惑的年纪了，再较劲就较到坟墓里去了，还不如干点实事。他相信以自己的能力和韧劲，无论干啥都不会比别人差了。

就是这样的信心支撑着他，很快，一排排的养猪场就在村外矗立起来了。活了半辈子，二娄当官儿了，他成了自己养猪场的场长。

二娄的养猪场除了养肥猪赚钱以外，还有一个特色：他养了一头激情万丈的雄猪，生殖能力特强，方圆百里无雄猪能比。每天，牵着母猪从四面八方赶来的人络绎不绝，都来找雄猪帮他们的母猪完成繁衍子孙的使命。

这头猪不但扬了雄猪的大名，也扬了二娄的大名，使二娄以另一种形式崛起了，赚得盆满钵满，成了村里人艳羡的对象。

村里的老婆在数落自己的男人时，总是说：你有本事！有本事也像人家二娄那样，养一头又能干又能赚钱的雄猪试试，说不定如今我们也用上好手机、看上液晶大电视了！

回首往事，二娄不由得既惆怅又感慨，他没想到，养猪行业竟然比干那个见不得光的营生赚钱，以前天天担惊受怕，还将爹娘给的这双手给改装得不伦不类，也没有发达起来。自己那时怎么就那么一根筋呢？看来，人家的财总归是人家的，即便是将它抢过来据为己有，它终归还是要跑掉的，甚至连你自己的那点福报也要带走，只给你留下这条穷命。

没事的时候，二娄蹲在养猪场里卜咂着烟，把什么都想明白了，心里也踏实了。原来的那个铁手神偷死了，养猪二娄又活过来了，他在心里想：甭管怎么着，我二娄就是打不死的小强！

然而，天有不测风云，该来的，不该来的，都可能会来。

这天，老婆去大棚了，二娄自己在家里做饭，锅里的辣椒炸得噼啪响，把他呛得鼻涕一把泪一把的，裤兜里的手机突然响了。二娄边炒菜边接，原来是养猪场的伙计打来的，说那头雄猪跑出来了，横冲直撞的，几个人也拦不住，正往他家这个方向跑来呢！

二娄家在村的最西头，他从窗子往外探头一看，果然那头猪不知受了什么刺激，正怒气冲冲地朝着这边狂奔，跟头愤怒的牛似的。二娄一看急了，将铲子一扔，撒开腿摸起根棍子就往外跑，想将猪赶回圈去。

二娄刚跑出家门不多远，正跟迎头跑来的猪撞到一起时，就听后面"咚地"一声响，回头一看，他家的房子烟气腾腾地烧起来了！

他忘了关火了！

就这样，二娄家的大房子——他做铁手时建起来的小王国被烧得只剩下了一个黑洞洞的框架。二娄一屁股坐在地上，喃喃地说：这下好了，人证、物证都消失得干干净净了……

一年后，一栋更气派的大房子又在烧得黑漆漆的废墟上立起来了，二娄在用这样的方式告诉人们：他二娄，就是打不死的小强！

◀ 大师横行

　　苍耳是个农民，好吃懒做，不安于现状，爱吹点小牛皮，老是有些不切实际的想法，没事时喜欢研究点麻衣相术及中医偏方什么的，也有点小本事小聪明。

　　苍耳的姥姥曾经是当地有名的神婆，如今瘫痪在床不能外出，见外甥年近三十了还娶不上媳妇，心里急。苍耳便巧舌如簧地求姥姥将自己的"绝活"传授给他，好让他有个丰衣足食的饭碗，姥姥同意了，而苍耳也学入了迷。

　　一个偶然的机会，苍耳利用姥姥传授的技艺给一位企业家的老娘治好了怪病，在当地声名大噪，有关他的故事被越传越神，使他成功取代姥姥成为当地新一代的"大仙"，来找他打卦算命调风水看病的人络绎不绝。

　　大仙长得天生与众不同，他的眼睛、耳朵和手都是一只大一只小，所以他称自己这是一半属于人间，一半属于鬼界。眼睛是阴阳眼，耳朵是阴阳耳，双手则一手能抓宝，一手能捉鬼……见他长得这么神奇，人们更相信大仙生来就是吃这口饭的。

大仙生财有道，不但搬出寒碜的瓜棚住进了大瓦房，还白捡了一位病人的女儿做了老婆。要想找"大仙"看病，得提前一周花两百块钱来排一个号，到了预约时间，再带上红包和四色礼品前来。

　　大仙每日穿着西服打着劣质领带在家里坐诊，渐渐地有些厌倦，觉得自己的天地有些狭小，萌生了到外面闯荡世界的念头，他的想法遭到了即将临产的老婆的激烈反对，只好作罢。

　　可是，大仙不甘心做一个乡间的"大仙"，他想向"科学"靠拢。正好"人体特异功能"热正风行，大仙便安排了一群妇女和闲汉，到处传播他有特异功能，百病皆治……借着气功热的光环，他又火了一阵子。

　　这天，大仙刚给一个瘸子治了腿，又进来一位孕妇，原来孕妇的丈夫三辈单传，他们已经生了三个孩子，可个个都是女孩，因此来求大仙用"特异功能"看看，这次怀的到底是男是女？大仙告诉她怀的仍然是个女孩，孕妇和丈夫听了抱头痛哭，从衣服里掏出用层层布包着的几百块钱来，献给大仙，希望他能将女孩变成男孩。

　　大仙从手心变出三粒药丸，告诉孕妇吃了后可保女变成男。孕妇两口子千恩万谢，感激涕零。

　　大仙暴富后，与姥姥的关系却日益紧张起来。这天，祖孙俩又因收入的分配问题发生了争执，姥姥虽然年纪大了却伶牙俐齿不饶人，她责怪外甥没良心，自己将看家本事都传给了他，他却忘本了。大仙即使再巧舌如簧，在"师父"面前也只好甘拜下风。

大仙认为自己的境界已经很高了，不能再与一个乡下老太太抢饭碗，于是，到外面闯世界的想法又死灰复燃，一个来村里打沙发的南方人也极力撺掇他。恰好那位孕妇没有生出儿子，来家门前闹，说大仙女变男的把戏不灵。大仙趁机抛下哭啼啼的老婆和牙牙学语的儿子，和打沙发的结伴到外面闯世界去了，他发誓等腰缠万贯后再衣锦还乡。

大仙在县城的小旅店一觉醒来，发现打沙发的不见了，身上带的钱也被偷走了。他只好在路边摆摊算卦，却被当地的小痞子赶出了地盘。

眼看自己的那套本事在城里行不通，大仙只好来到郊外求生，正饿得头昏眼花时，遇到一位老汉正在河边钓鱼，原来老汉的儿子要定亲，按当地的风俗，需要有三条这条河的鲤鱼。但这条河的鲤鱼很狡猾，不好钓，在市场上也买不到，老汉只好亲自来钓。

大仙拍着胸脯说自己有阴阳眼，能看见水底的事情。老汉便把这钓鱼的差事交给了他，天天管他饭吃。但忙活了三天，大仙仍一无所获，这天，他在草丛里方便时，被一个游手好闲的猎人误以为是只野兔，一枪射中了屁股！

大仙只好捂着屁股逃之夭夭，继续探索他的谋生之路。

在一个小山村里，大仙碰到一位正在晒太阳的老寿星，他的儿孙都到南方打工去了，寂寞得很，大仙便趁机到他家借宿。

寿星告诉大仙，他年轻时曾在镇上给大户人家当伙计，那家人逃往小岛前，安排他将一些金银财宝埋在了山里，那棵雌雄同株的银杏树下。可惜他年纪大了，忘记了具体位置，据说秦始皇去蓬莱寻仙丹妙药时，曾经过那里。

大仙欣喜若狂，确信找到了生财之道，几番周折后，他终于在某山找到了一棵雌雄同株的银杏，然后凭自己的三寸不烂之舌忽悠了几个村民来树下挖宝。多日后，果真挖出了一个陶罐，他大喜过望，然而打开一看，却是半罐古人的骨灰……

挖宝的村民得不到报酬，愤怒地将大仙揍了一顿，大仙只好再次逃之夭夭。

在旅游山庄里，大仙遇见一位还俗的佛家弟子，他被企业家关在一座满是摄像头的玻璃亭里，正在进行为期五十天的绝食表演。一旦成功，企业方将为他申报吉尼斯世界大全，并付给他五十万元的酬金。企业家为了赚钱，竟拿佛家弟子卖票，人们围着玻璃亭子争看绝食表演，像看猴儿似的，山庄游人暴涨，企业家由此大赚了一笔。

大仙与佛家弟子隔着玻璃对话，感叹世界之大无奇不有，对方的一番深奥的话更令他似懂非懂。告别时，他祝愿佛家弟子能成功拿到那五十万，佛家弟子则祝愿他早日立足江湖，参透人生。

大仙十分得意，感到自己又上了一个台阶，但当他来到寺庙，看到那些花大钱烧香拜佛的人时，才明白自己的赚钱能力太小儿科了，要想赚大钱成大事，必须被人供起来，或者有个小团队。

无法抵达的旅程

大仙行走江湖，又走过很多地方，见过各种各样的人物和世态百相，靠他的聪明才智加察言观色，大大小小的钱也逐渐赚了一些。

　　多年后，他终于来到了梦寐以求的大都市北京，心情忐忑而又激动，不知道北京人认不认他这一套"神通"？

　　大仙初来乍到无法立足，只好在离地铁站不远的偏僻小道上摆摊算命，和卖首饰、小物件、手机贴膜的人为伍，经常被城管追得到处跑。他和一个假冒瘸腿的乞丐小歪，还有一个打工仔三良成了患难之交，两人有事没事就来找大仙算一卦，然后请大仙吃一碗炸酱面。

　　此时，大仙才知道小歪其实是个小偷。

　　这天，有个一身名牌的体面人来到大仙的摊前，大仙暗喜有人送钱来了。没想到这是一位大忽悠，叫公冶羊，他已经穷得连房租都交不起了。公冶羊承诺包装"大仙"，两人一拍即合。

　　于是，公冶羊成了大仙的经纪人，两人合谋去忽悠了一位脑满肠肥的企业老板，在他的会所里成立了"苍耳大师工作室"，"大仙"摇身一变成了周易大师，小歪和三良则被包装成了大师的"保镖"。

　　大师从此穿起了唐装，戴着大串佛珠，显得仙风道骨，他不对称的眼、耳、手和两根垂到眼睛下方的长眉毛更为他增添了神秘色彩，来找他打卦算命求治疑难杂症的络绎不绝。

　　一切，都以一种不可思议的速度疯狂发展着。

　　大师收费昂贵，没有一定的地位或者财富根本跨不进这个门槛，但人们依旧趋之若鹜，"苍耳大师工作室"门前香车宝马不断，很多不肯报出真实姓名的人，怀揣着各种见不得人曝不得光的心事和秘密，以及各种奇怪的问题来找大师破解、治疗，求财求官求子。

因为炒股而倾家荡产的富二代，穿着一条裤衩来让大师出招让他东山再起；嫁不出去的老姑娘，来求大师出谋划策如何能找到一位官二代或者高富帅；小三来求大师帮忙转正；留着长发的"书画家"来求炒作之道，如何让自己的画价值连城……甚至连出版社也找上门来，要给他出《大师心经》……

大师多年来闯荡江湖的经历，终于有了活学活用的机会，他把它发挥得淋漓尽致，他的人生也神使鬼差地攀上了一个高峰。他的话真真假假，连他自己也分不清了。

大师的儿子打来电话，说自己大学毕业已经回到家乡做了一名教师，让大师别在外面漂着了，同时告诉他一句外国名人的话："谎言是短跑"，大师不服气地回复他：真相马拉松。

赚得盆盈钵满后，大师和经纪人及投资老板渐渐地矛盾丛生，明争暗斗。因为怕大师私自到外面赚钱，老板派人监控他，甚至安排一个泼妇来找茬。大师因为受辱，愤而揪下了自己的一根长眉毛示威。老板觉得他没了长眉毛形象受损，神秘感消失，让化妆师给他粘上了一根狗毛，强制他继续"坐台"。

大师很苦恼，认为自己跟那条用金链子拴着的狗没有区别，他第一次觉得"自由"的可贵。天长日久，他的那些"神通"也似乎在逐渐消失，人们也从狂热中回过味来，那层窗纸一戳即破，大师遭受到各种质疑，名誉一落千丈。

这天，大师在给一位土豪破解时，由于走神说错了话，被土豪扇了一巴掌，脸上留下了耻辱的五个指印儿。保镖小歪和三良冲上来，也没能拦住疯狂的土豪。

心事重重的"大师"好容易摆脱了老板的监控，让小歪和三良陪着到对面的公园散心，却不料又被以往的客户发现暴打了一顿，连粘上的那条假眉毛也被揪掉了。

大师有了退出江湖返回家乡的想法，他将自己揪掉的那根长眉毛和几根白发寄给老婆和儿子，诉说在外闯荡的艰辛。

这天，北方田野上走来一个蓬头垢面的老男人，他用棍子挑着个破编织袋，一瘸一拐地走着，脸上被人打得青一块紫一块的，那狼狈劲儿与当年离开故乡时的踌躇满志形成巨大反讽。

看见有结婚的车队经过，老男人忙让到一边，谁知新郎从车上跳下来，喊他爸爸，原来结婚的是他儿子！儿子问他是否在城里混不下去了，大师尴尬地回他："真相马拉松，而谎言是短跑……"

这时，旁边一位妇女脱下只鞋子朝大师扔过来。原来，她就是二十多年前的那个孕妇，她把所有钱都拿出来献给了大师，生出来的仍然是个女儿，这个女儿如今嫁的，正是大师的儿子……

◀ 生命寄存站

远远望去，这座银光闪闪的钢结构居民楼，如一只只摞起来的鸟笼子。

在一间"鸟笼子"里，一位老太太坐在轮椅上，嘴唇机械蠕动着，谁也不知她说的是什么。她患有老年痴呆已经多年了，那双木鱼一样呆滞的眼睛里，映射出两个变形的人影：她的女儿和孙女儿。

祖孙三人都生着酷似的面孔，好像一个人生命的三个阶段，只是依次是老年女、中年女、童年女。

中年女要出差，女儿没人照看。童年女以为又要送她去幼儿园，死活不肯去。她背着一只小书包，怀抱一只粉色玩具小猪。在幼儿园里，因为妈妈老是没空接她，她经常被老师嫌弃，被小朋友欺负，所以她对那里十分抵触。

中年女告诉女儿：以后咱不去幼儿园了，咱去一个没人欺负你的地方！

童年女半信半疑地将小手指伸过来，和妈妈拉了一个勾。

中年女如释重负，去厨房里拿来一只馒头一个水壶，将馒头塞在母亲怀中，将水壶挂在她的脖子上。想了想，又回厨房将盛着馒头的笸箩端到了母亲面前。

"妈，对不起，我赚的钱不够两个人的费用，也为您请不起保姆，所以，您就自己在家待着吧，饿了就吃馒头，渴了就喝水，千万别忘了啊。"

老年女直勾勾地看着女儿，一言不发。

中年女拉着女儿走到门口，又回头对老年女说："妈，小时工三天来打扫一次卫生，给您做顿热乎饭吃。您到时别忘多吃点啊！"

老太太还是泥塑般毫无反应，只有嘴唇机械蠕动着。

中年女一手拉着皮箱，一手拉着女儿走出门。前面纵横交错的轨道，像一张蜿蜒盘缠的网，笼罩着大地，又通往四面八方。

母女俩走在网中，像两个小小的标点符号。

一座极具未来感的怪异高楼出现在面前，上面是巨大的广告牌"生命寄存站 A 区"。

母女俩停住，按门铃。

一个机械的声音响起：生命寄存站，交费请按一，续费请按二，领人请按三，送人请按四，租人请按五……

中年女按四，大门打开，两个机器人出来，他们在外形上与人相似，只是动作显得僵硬呆板。

机器人像绑架一样将母女俩架到一间标记着"9"的不锈钢

房间前，童年女惊恐地打量四周，看着各个房间内扒着窗往外看的一双双眼睛，害怕了，嚷着她不进监狱，她要回幼儿园！

机器人甲立即喊起来："请注意你的言行，这里不是监狱，是生命寄存站，专门收容寄存无人照顾的老人、孩子，为社会分担家庭压力！"

中年女看到这里森严冰冷的环境，也显得有些不安，却也只好安慰女儿说，等她在外学习完一年后，就回来接她。

机器人乙胸部的灯亮起，飞快地显示出一个二维码，一行数字，同时语音播报：姓名，艾猪猪；年龄，三岁半；寄存期，一年。请交费！

妈妈忙用手机扫码，交费。

机器人乙：请在 2072 年 12 月 12 日 12 点前来接人！如不能按期接走，每超一天，寄存费翻倍，被寄存人将以 20 倍的速度衰老！

机器人甲："这里有老师教你们唱歌、跳舞、做手工、玩游戏，请进吧！"

接着，两个机器人各抓着女儿的一只胳膊，将她拉了进去，大门在背后迅速关上了。

中年女刚要走，却发现女儿出现在窗边，眼巴巴地往外瞅着，哭喊着。

"妈妈，我乖，我再也不惹你生气了，你要早来接我呀，别忘了！"

中年女心如刀绞，拉着皮箱匆匆登上一列标有"未来号"的

无法抵达的旅程

列车，很快驶出高楼大厦的丛林，消失在茫茫的天地之间。

一年后，标有"还乡号"的高铁越过崇山峻岭和地下长廊，如同在记忆中穿行，很快就载着中年女回到了自己的城市，自己的家，然而等待她的，是已经装进骨灰盒的妈妈。

处理完老年女的后事，中年女又坐上了列车去接女儿，窗玻璃上不停闪现着她的面孔、母亲的面孔、女儿的面孔……恍惚间，她这才发现手表上的时间已经是 2072 年 12 月 13 日，她绝望地大喊起来："停车，我女儿在生命寄存站超期了，停车！"

在生命寄存站门前，中年女疯狂地按着门铃，两个机器人出现，一前一后将她带到"9"号门前。

机器人乙胸前的二维码亮起，上有"罚款"的字样，妈妈扫码补交了罚款。

"9"号门打开，一位白发苍苍的老太太蹒跚走了出来，和她老年痴呆的母亲生前一模一样，中年女不由得失声大喊："妈妈！"

然而，"老太太"却抱着那只粉红玩具猪，朝她跑来，嘴里脆生生喊着："妈妈，你可来接我来了，我好想你啊！"

中年女猝然跪倒在地，紧紧搂住女儿，泪如雨下："对不起宝贝，妈妈一定要让你返回童年！"

机器人甲："要想返老还童，请到生命寄存站 B 区！"

于是，母女俩再次被带进一个标有"6"的房间前，妈妈再次扫二维码交费，可是手机上已经显示"余额不足"。

中年女无奈地拉起女儿要走，机器人丙开口说话了："如果

第二辑　正经也荒诞

您的女儿不能在三日内返老还童，将继续衰老下去，并很快踏上她的死亡之路！"

然后，两个机器人同时用手指指她的手表、项链、戒指、耳环等等，暗示她可以将这些东西交出来顶账。妈妈心领神会，毫不犹豫地将它们一一摘下来，分别交到机器人手中。

两个机器人分别戴上了妈妈的首饰，显得欢天喜地。机器人丁还不满足，用手指指妈妈的头发，还递上了剪刀。

妈妈稍一犹豫，便将长发剪下，递给机器人丁，看着它戴在自己头上，显得十分滑稽。

童年女哭起来："妈妈，不要，我要长头发的妈妈！"

机器人丁熄灭了胸前的灯，架起老态龙钟的童年女往门内走去，女孩的哭声很快便听不见了。

房门嘭地关上，机器人丁恢复了冷若冰霜的声音："请在2073年12月13日12点前接人，届时被寄存人将返还刚入A区时的年龄：三岁半的状态。如不能按期接走，每超一天，寄存费翻倍，被寄存人将以20倍的速度返回到襁褓状态，直至生命消失！"

童年女的哭声又响起："妈妈，这次你不要忘了来接我呀，再也不要忘了呀！"

此后，童年女每天都扒着窗棂往外看，她满脸皱纹，但那双眼睛依旧是一双孩童的眼睛，清澈无比，她仿佛看见妈妈又恢复了忙忙碌碌的状态，天天疲于奔命。

童年女的面容也在一天天变化着：皱纹在逐渐散开，从姥姥那样变成妈妈那样，又渐渐还原成了孩子……

时钟即将走到 2073 年 12 月 13 日，中年女抛下一切，拼命往生命寄存站狂奔，可是这次她来早了，不管她如何疯狂地按门铃，里面传出的都是冷冰冰的声音："被寄存人不到接出时间，请勿破坏寄存计划！"

中年女继续按着门铃，两个机器人出来，将她架到远处，粗暴地推倒在地，她爬起来望着 B 区的方向，眼神呆滞，喃喃自语着……

时间终于到了，大门打开，童年女蹦蹦跳跳走了出来，她怀抱粉色的小猪玩具，又恢复了三岁半的可爱模样，而那个呼啸着向她冲来的疯老太婆，却把她吓住了！

疯老太婆满头白发，神情呆滞，口中喃喃呼唤着："女儿，女儿……"

那分明就是外婆啊！童年女吓得连连后退着，撕心裂肺地大哭起来："妈妈，妈妈，你在哪里？我看见外婆了，她已经变成一个疯婆子了！"

◀ 感谢那个贼

大学刚毕业的关雁北来到地处偏远的西凉村当老师，却发现这是个兔子都不拉屎的穷地方，所谓的小学就是几间摇摇欲倒的破土房子，学生们愿意来上课就上课，不愿意就在家里帮着大人干活，没人把上学当回事。

关雁北十分失望，一心想离开这里，回城和女友会合，女友也积极地帮他托关系，想办法。

这天，村里的叛逆小青年刘向高将关雁北堵在了校门口，无缘无故地对他进行挑衅，不但挖苦他是个小白脸，还让他赶紧从西凉村滚蛋，不准带走一片云彩，否则有他好看，言语极其张狂。

关雁北莫名其妙地被羞辱一番，却一句话也对答不出来，只会说："我怎么着你了？我怎么着你了？"

刘向高绰号"刘个炸"（方言，嘚瑟的意思），他整天无所事事，喜欢到处游走。因为不愿像祖辈那样土里刨食，就跑到城里打工，结识了一批不知天高地厚的小哥们，穿奇装异服，吹"流氓哨"，遛街串巷惹是生非。不但老人们看不惯他，就连村里的狗也看他

无法抵达的旅程

不顺眼，见了他就追着汪汪地咬。

这次回家，刘向高发现自己青梅竹马的蔓蔓竟然喜欢上了关雁北，而蔓蔓那个一向懦弱没主见的父亲老万，竟也支持蔓蔓，幻想女儿将来跟着关雁北去城里吃香的喝辣的，他也好成为城里人的老岳丈。

刘向高听说后，肺都气炸了，以前老万可是亲口答应将女儿嫁给他的。为了报复老万，刘向前趁着黑夜偷偷牵走了饲养场的一匹种马（谁让老万是饲养员呢），和几个小兄弟们一起将马卖到了外县，用卖马的钱买了向往已久的摩托车，剩余的钱也很快挥霍得差不多了。

老万丢了种马，吓得团团转，像丢了魂儿。村长罗大鼻子气得鼻子差点掉到地上，要知道，这匹种马可是村里最大的收入来源呢。他指着老万破口大骂，命令他必须把马找回来，因为偷马人还留下一张打印的字条，上面写着：要找马，找老万！

罗大鼻子觉得事有蹊跷，决定先不报警，好给老万留条后路。

罗大鼻子心是好心，可是老万心里这个憋屈啊，觉得自己比窦娥还冤。他不知道这个偷马人跟自己到底有什么深仇大恨，你偷马就偷马呗，为啥还要扯上我，这不明摆着告诉人家，我是你的同谋吗？真是缺了八辈子大德了！

老万想得脑壳疼了，也想不出这个坏蛋到底是谁。没办法，找就找呗，老万只好开着破三轮颠簸各地，开始了艰苦卓绝的寻马旅程。

真是冤家路窄，这天，刘向高在路上遇见了找马的老万，吓了一跳。只见老万蓬头垢面，眼神发直，开着破三轮扑通扑通地往前闯，差点把他撞进了路边的沟里。刘向高连喊了几声"万叔"，老万这才反应过来，嘴里还不停地嘀咕着："找马，找马……"

老万这是疯了，还是傻了？刘向高没想到，才几天不见老万就变成了这副狼狈样，可见丢马的事儿对他的打击有多大。刘向高顿时心生愧疚和恻隐之心，毕竟他是老万看着长大的，他只是想报复一下老万，却没想到带来这么严重的后果。要是老万真因为找马出了啥事儿，蔓蔓可咋办呢？要是知道是他害了老爹，蔓蔓不得跟他拼命吗？

刘向高吓出一身冷汗，当即拉住老万，自告奋勇要陪他找马。老马一脸懵懂，连连答应。有人能帮他陪他，等于又多了一份希望，他当然求之不得，立马让刘向高将摩托车装到三轮车上，拉着他扑通扑通踏上了新旅程。

刘向高坐在三轮车上，心里打开了小九九：要是趁着陪老万找马的机会好好表现表现，让老万改变对自己的看法，岂不是两全其美？等马找到了，自己就是大功臣，老万一高兴，岂不就放弃关雁北，高高兴兴地将女儿嫁给他了？

刘向高想得美滋滋的，却没想到找马的过程那么离奇和曲折。他本来以为只要他找到了那个买家，将马买回来就大功告成了，却没想到那个买家竟然把马卖了，并且是卖到内蒙去了！

没办法，刘向高只好和老万开着三轮车跑到内蒙去，按照买家说的地址寻找另一个买家。谁知等他们到了之后才知道，这家又把马卖给另一家了！

无法抵达的旅程

就这样，两个人一路颠簸，东奔西窜，啃干馍，喝凉水，吃尽了苦头，遭遇了不少令人啼笑皆非的囧事，总算把几经倒卖的马找到了，但是买主不肯卖，刘向高差点将他的三寸不烂之舌磨破了，老万差点给人家跪下了，买主才答应卖给他们，但是钱得翻倍，一万五，一分都不能少！

哪里有这么多钱呢？刘向高将摩托车推到集市上卖了，手机、手表也卖了，仍然只是个零头。他自食其果，在心里一遍遍骂自己混蛋，但是事到如今，已经无法挽回。两个人无奈，只好回村想办法。

当刘向高和老万像乞丐一样蓬头垢面出现在罗大鼻子面前时，罗大鼻子竟然没认出来，还一个劲儿地用手驱赶他们，让他们到别处要饭去，他这里丢了马正烦着呢！当刘向高喊出一声"罗叔"，罗大鼻子惊得鼻子又差点掉到了地上。

罗大鼻子听了两个人的汇报，用手捏着大鼻子一筹莫展。村里穷得叮当响，自然拿不出这个钱来，但是种马是大家的集体财产和收入来源，不能让它流落异乡，不追不问。这可咋办呢？

刘向高两眼一转，计上心来。他说他这里可以给筹五千块，剩下的可以去向关雁北借，因为他听说关雁北在银行里存了一万多块呢！

刘向高的小算盘打得挺好，如果关雁北肯借钱，那借出来基本就肉包子打狗了，因为村里根本没钱还；如果他不肯借，就甭想再在村里待下去了，他走了人，蔓蔓也就回到他刘向高的怀抱了！

罗大鼻子觉得向初来乍到的关雁北借钱，这事不大地道，却又实在没招儿可想，只好试一试。他自己没脸去见关雁北，就打发蔓蔓去，算是为她爹老万分担点困难。

令所有人没想到的是，蔓蔓竟然真的从关雁北那里借到了一万块钱。原来，关雁北被蔓蔓追得紧，唯恐躲避不及，怕她缠着没完没了，就一狠心把钱全从银行里提出来掏给了她。

就这样，村里很快将那匹种马买了回来，皆大欢喜。

刘向高因为帮助老万找回了马，受到了表彰，到处做报告宣传自己的事迹，可是老万却因为失职受到了处罚，心情郁闷，喝醉酒掉入河中摔断了腿，蔓蔓为此整天哭天抹泪的。刘向高听了良心难安，他几经思量后找到蔓蔓，拍着胸脯说那个偷马贼就是他，他要到派出所自首，为老万叔洗清冤屈，但蔓蔓将他视为助人为乐的英雄，死活不让他去。

关雁北借出了仅有的钱后，却让自己陷入了尴尬的境地。因为那点钱本来是父母给他准备了调动工作用的，现在他城也回不了，城里的女友也跟他吹了。村里还不上关雁北的钱，村长罗大鼻子也觉得对不起他，见了他就躲着走，让关雁北觉得这个村的人很不地道，发誓死活也要调离这里，哪怕去东凉村都行。

与此同时，刘向高的自首之路也困难重重。他这才明白，村里其实人早就知道了事情的真相，可是他们都不愿意揭开那层窗纸，一起保守着这个秘密，并且千方百计阻止他去自首。他们不允许一个好容易树立来的典型被推倒，使村子蒙羞。

苦闷中，刘向高找到罗大鼻子，让他把准备盖村委会的砖石材料让出来，交给他。几番交涉后，罗大鼻子骂骂咧咧地答应了。

　　在村里人疑疑惑惑的目光中，刘向高带着人一砖一瓦地盖起了房子，他几乎发泄般地忙碌着，终于使一排窗明几净的大房子站了起来。原来，他盖的是校舍。除了校舍，还有关雁北的两间房，等于村里白送他的。有了好的校舍和居住条件，关雁北也不好再提离开的事了。

　　就这样歪打正着，关雁北留下来了，他一心一意地教学，很快使西凉村的教育变了样，考试成绩和综合评分在全县名列前茅，关雁北成了明星式的人物，前来采访报道的记者络绎不绝。

　　村民们生怕失去这来之不易的一切，更加小心翼翼、齐心协力地守护着那个秘密。他们觉得关雁北能留下来刘向高是大功臣，要把刘向高带人盖校舍的事记入村史，甚至刻碑勒石，这使刘向高诚惶诚恐，负罪感越来越重。

　　这天，刘向高实在憋得难受，当着前来采访的记者的面，他刚要说自己其实就是那个偷马贼，村长罗大鼻子见状，忙奋不顾身地捂住了他的嘴巴，脱口而出："感谢那个贼……"

第二辑　正经也荒诞

第三辑

不笑就挠你

◀ 胖丫追星记

　　胖丫刚来北京打工时，还不是个疯狂的追星族——既不懂得追，也顾不得追。她从小地方来，没见过世面，这花花世界天天让她晕头转向。甭说别的，一出门她就分不清东西南北了，每天都为鸡毛蒜皮的事发愁，明星与她这个傻丫头有啥关系？

　　这天，胖丫要去找个小姐妹，一出地铁就转向了，手机导航也不会用，只好在马路上傻乎乎地拦着人问路。但是，大家都行色匆匆，胖丫不等开口，人家就走远了。好歹看见一位穿着鸡腿裤、长发垂肩的少女在路边等车，胖丫就赶紧向前用蹩脚的普通话问："小姐姐，去 XX 地怎么走？"

　　"小姐姐"白了他一眼，哼了一声没回答。

　　胖丫有些尴尬，觉得北京这地儿的人太冷漠，就又往前走了两步，见一位烫着卷发、戴着口罩的中年妇女，正在眉飞色舞地煲电话粥，就鼓起勇气小心翼翼地说："大嫂，打断您一下！您能告诉我去 XX 地怎么走吗？我先谢谢您了！"

　　"大嫂"挂了手机，头也没抬地说："没见我正忙着吗？找别人问去！"

胖丫说："我刚才问后面那位长发小姐姐了，她不告诉我！"

只见"大嫂"撕下口罩，从小包包里掏出小镊子，夹着没刮干净的胡子，慢条斯理地说："你看错了，后面那不是位小姐姐，那是我儿子。你不辨雌雄，活该他不告诉你！"

这段问路的小插曲，让胖丫迷惘了好久：她连"雌雄"都分辨不清，以后还怎么在北京混呢？在她们村，男的和女的一看头发便知道了，男的留短发，女的扎辫子，泾渭分明，没有反过来的。

与胖丫合租房子的巧嘴妹来北京多年了，啥事都熟溜得很。她说，你们那里太土了，人家现在不时兴男的打扮成男的，女的打扮成女的了，现在流行中性美了！

于是，"中性美"这个词又让胖丫迷惘了好一阵子。

胖丫在北京打了几年工，啥也干过：保洁、保姆、服务员、快递员、按摩妹，逐渐攒下了一点儿钱，眼光也高了，打扮也时髦了，对生活的要求也芝麻开花了。

歇班的日子，她和巧嘴妹也像城里人那样涂上眼影口红，穿上高跟鞋花裙子，去看电影、逛商厦，甚至还跟人去看过一场话剧，只是那时她不懂得进剧场的规矩，检票时才知道不能穿拖鞋入场，就又慌慌张张地跑到小店里买了双带跟的鞋穿上。

从此，胖丫明白了进高档场合要有仪式感，所以，高跟鞋就成了她出门的必备。平日里，哪怕吃饭、洗脸、睡觉，她都尽量有仪式感一些，这让她感觉跟大城市的距离更近了一步。

让胖丫有了巨大改变并开启了追星路的，是一次偶然的经历。

那次，胖丫跟人去郊外看拍电影的，这是她第一次看见"活"着的演员，尤其是俊得像花儿一样的女演员——人家尽管打扮成村姑模样，也扎着村姑那样的大辫子，却还是那么洋气，脸蛋白得像蛋清，手嫩得像葱白，怎么看都不像她们这些土老帽。

胖丫不由得低头看自己裙子下那两条腿，又黑又壮，手粗得像烧火棍，土得连自己都嫌弃。

幸运的是，这次胖丫不光看热闹，还当了一次群演——刚好需要拍个村民下地的镜头，胖丫就被喊去扛着锄头走了一圈，不但和女主角有了近距离接触，还赚了 50 块钱。

这次的经历，让胖丫激动得几天几夜睡不着，她发朋友圈、打电话唠嗑了一圈，弄得亲朋好友们都知道她去拍了电影，好像她当上了大明星一样。

从那后，胖丫就成了疯狂的追星族。一得空，就打扮得漂漂亮亮的和巧嘴妹去看电影，宁肯省吃俭用也要买和明星同款的山寨服装，生活越来越"高级"了。

有阵子，胖丫喜欢上了一位韩国的单眼皮欧巴。一有空，她就上网搜索男星的消息，不但连他又主演了什么电影门儿清，连他喜欢哪种类型的女孩子、爱用什么品牌的指甲刀、爱吃什么味道的沙拉酱都了如指掌，堪称铁粉。

胖丫还把本来就窄巴的房间贴满了欧巴的照片，连洗手间里都是，弄得巧嘴妹很不高兴，觉得自己的私密空间被侵犯了，连方便时都鬼鬼祟祟的，总觉得有人在偷窥。一气之下，她就把洗手间里的欧巴照片撕下来，塞在了胖丫的枕头底下。

巧嘴妹虽然也有点追星倾向，但是她相对比较现实，不像胖丫那么痴迷，更不像她那么不顾一切。

胖丫偶然有了一个参加娱乐圈活动的机会，欣喜若狂，因为她终于可以见到自己的偶像欧巴了。

活动完事后，胖丫却灰溜溜地回来了，显得很不开心，巧嘴妹问她为啥如此沉默？胖丫苦着脸说："你一定没想到吗？他在电视上那么帅，但本人咋就那么丑呢？"

巧嘴妹赶紧问她怎么个丑法，胖丫说：他的眼影涂得太吓人了，像个鬼；脸更涂得跟个假面人似的，粉直往下掉，像驴屎蛋上下了霜。

那位欧巴本来就不是巧嘴妹的菜，她幸灾乐祸地说："这下，他在你心目中的形象破灭了吧？"

胖丫说：其实这也没啥，关键是他那摆谱的样子让人受不了，前后跟着八个保镖，好像粉丝要谋害他似的。最可气的是那些保镖凶神恶煞的，看见粉丝上来要签名，就用手推倒了一大片，弄得现场哭爹喊娘的……

巧嘴妹一听，立马就猜到胖丫也被推倒了，就忍住笑，问她崴着脚了没有？以后还追不追这位欧巴了？

胖丫将高跟鞋一扔，往床上一躺，就蒙着被子一声不吭了。

从此，胖丫就再没提过那位欧巴，满屋子他的照片也被小狗小猫的取代了。看来，胖丫是将他从追星名单中删除了。不过，这不代表胖丫就放弃追星了，不久后，她又迷上了一名满身都是腿的男模特。

于是，满墙的猫狗又被男模取代了。

巧嘴妹左看右看，就看这位男模不顺眼，说他吊着两只三角眼、沉着脸从来不会笑，就像别人欠他一百万似的，有啥好？

胖丫却说："你太老土了，人家那叫高级脸，国际上最流行的。"

巧嘴妹撇撇嘴："什么高级脸、国际脸，不就是过去老人说的苦瓜脸嘛！"

胖丫说："别管啥脸，反正要想酷，就不能笑，一笑就破相了，我就喜欢他端着的那个劲儿！"

那阵子，胖丫刚好换了新工作，去机场当了保洁，有了更多目睹明星风采的机会。见得多了，眼界也不一样了，也不那么爱激动了。用巧嘴妹的话说，这是胖丫的眼睛快"吃饱"了。

这天，胖丫又激动起来了，因为她得到了消息：那位男模从巴黎走秀回来，今天就要降落首都机场了！

晚上下班回来，巧嘴妹正等着听胖丫讲模特的新闻呢，没想到她一进门就将高跟鞋一甩，将男模的照片全撕下来扔进了马桶，好像还不解恨，又狠狠地踹了几脚。巧嘴妹吓了一跳，看来这一次，比欧巴造成的伤害还要大呢！

巧嘴妹故意问胖丫见到自己的梦中情人，有何感受？

胖丫有气无力地说："以后，我再也不逮着个人就追了，咱们这些普通人就挺好！"

巧嘴妹听出她话里有话，忙问："咋的啦，又受伤害啦？"

胖丫牙疼似地说："这哪儿见的是偶像啊，简直就是'呕像'，小眼睛快吊到耳朵后去了，嘴巴鼓得像金鱼，整得跟外星人和异形似的，下巴更是尖得能戳死个人……"

巧嘴妹奇怪地说："人家原先就长这样啊，你又不是不知道。再说啦，人家长得就是不趁你的意，也不至于对你打击这么严重吧？"

就听胖丫"哇"的一声哭了起来："打击我的不是这个，是我崇拜了他这么久，才发现连他的性别都没搞明白，原来他根本就不是个男的，他是个女的！"

◀ 救命恩人

这天，我们圈里四个没啥名气的小编剧聚餐，觉得人有点儿少，不够吵架的，就把同样没啥名气的演员老 D 喊过来凑数，我们是四加一等于五，五人帮。人说三十而立，我们都快四十了还没点像样的成就，天天把日子过得七零八落的。

我们轮番打了大概 20 个骚扰电话，才终于联系上了老 D。这家伙天天迷迷瞪瞪的，一副睡不醒的样子。他赚钱时，一部电影能赚到上百万，不赚钱时，一天连顿饭也吃不上。他不懂得攒钱，或者将钱均匀地花，钱到手很快就花完了，也不知道咋花的，弄得饥一顿饱一顿的，要么撑死，要么饿死。

没戏时，老 D 就宅在出租屋里拉片看，十天半月足不出户，看得把整个世界都忘了，甭说朋友了。他就这样过着黑白颠倒的生活，完全跟现实世界脱了轨。作为朋友，我们都想将他从这梦游般的状态中拉出来，到阳光下晒晒他那颗快发霉的脑袋，认识一下生存的严酷性。

可是，大家的一番好意却时常惹得他抱怨连连。

这天也不例外，20个骚扰电话打过去，把他唤醒了，却也惹得他恼羞成怒，在电话里大声嚷嚷着："干嘛呢干嘛呢，还让不让人活了，你们这些多事狗！"

大家忙赔笑着说"活活活，没说让你死，只是，你得先来吃顿饭，再接着活或者再接着死。"

好说歹说，这家伙总算别别扭扭地同意了，但是要两个小时后再到，说他已经20天不出门了，蓬头垢面的没法见人，他得梳洗打扮一番，把身上积攒的"阴气"洗干净了。

看，走在大街上都没人认识他，偶像包袱还挺重。

大家一听急了，老A说："你再过两个小时来，莫说黄花菜都凉了，我们的饭菜也吃光了，你还来吃啥，吃光盘？做光盘行动的模范典型？作为一个被隆重邀请的干饭人，你太不负责任了。"

老B说："还打扮啥呢，你啥样我们又不是不知道，干嘛非得整得那么衣冠楚楚的？说实话，你不打扮还好，一打扮，我们看了都不得劲儿了！"

我也说，"老D，赶紧过来吧，年头这么乱，别打扮得太妖冶了！"

大概是嫌电话里鸡一嘴鸭一嘴的太吵，老D在那边不耐烦了，把电话挂了，连个拜拜也不说，弄得我们几个在这头大眼瞪小眼。

大家都觉得这家伙太不知好歹了，越对他好他就越拧巴，甚至越跟大家对着干，像个叛逆期的孩子。不，叛逆期还好呢，起码过了那阵子也就好了，他却是倒退式叛逆，今年十八，明年十六，很快就倒退到叛逆初期了，大家还得从头受他的气。

老 A 提出教训他一顿，但想不出好招来，这家伙脾气拧，油盐不进，要是从思想教育方面入手，恐怕行不通。那就真的让他来吃空盘子吧，让他明白，朋友也是有自尊有棱角的，他不能老拿大家的心意不当回事。

"对"老 B 说，"越容易得到的越不珍惜，这次，就让他体验一下不劳动不得食的真理，并且让他明白饭局有饭局的规矩，不能一点请客，你三点到。"

最小的老 E（唯一的女士）也说："要是他连这点常识不懂，那就是演戏演傻了，不能救药了。这样的呆子，不但要遭到现实的淘汰，也要遭到朋友的淘汰，让他成为孤家寡人一个。"

大家嘻嘻哈哈地说了一通，却又觉得这馊主意实在没有创意，更没有说服力，对麻木不仁的老 D 来说可谓不痛不痒，达不到治病救人的效果。

于是，大家又计划为老 D 写一部戏，将他写死，但是这个方案周期太长了，大家等不起，而且能不能拉到资金投拍还是个问题。所以说，不靠谱，远水解不了近渴。

一群编剧，连个整人的招儿都想不出来，怪不得出不了大名呢。

这时，老 E 突然一拍脑袋，对我说："老 C，还是你想办法吧，你是他的救命恩人，他对你最信任。俗话说，最信任的人伤人最深，看来也只有你，能够出其不意地扎他一针，让他尝尝疼的滋味儿了。"

老 E 说的救命恩人，是老 D 亲口说的。他说，那天他在出租屋里拉片看，看得废寝忘食，以至于想去洗手间时看到手表上的时间，才知道他已经三天三夜没吃饭了！

他想站起来，才发现自己已经饿得站不起来了，只得爬到厕所，连马桶都是爬上去的。你说他都饿成啥样儿了？

更悲催的是，他还得爬回去。刚才方便已经消耗了他的体力，要再爬回客厅对他来说更加吃力。这傻子，快饿死了也不懂得向人求救。

其实，老 D 在虚幻的光影中消耗的生命，岂止这三天三夜？艺术只能暂时麻痹神经，却不能当饭吃。再这么折腾下去，他在那间出租屋里嘎了都没人知道。

好在就在这时，他发现了救命的稻草，那是我三个月前送他的一盒点心，他讨厌那油腻的玩意儿，就随手将它扔在了角落里。没想到这盒被他嫌弃并被遗忘了的点心，就这么救了他的命。

老 D 在活过来后，一直对我感恩戴德，他说，你是老 C 我是老 D，看咱们的排序就是命运的安排，没有你就没有我，你是我命定的救命恩人啊！

嗨，这算是什么逻辑？真是脑袋被门挤了，简单一件事被他演绎得逻辑混乱，语无伦次的。观众看到的都是演员光鲜亮丽的一面，对于他们背后的窘迫一无所知。殊不知，光鲜的一面都是聚焦演出来的，背后才是真相。

我也想不出整老 D 的招儿，只好就地取材，捉弄他一下，让他意识到自己不正常了，紧张一番后重视起来，就此洗心革面重做人：我以炖好的银耳冒充燕窝，以白萝卜冒充人参，以雪蛤肉冒充鲍鱼，看老 D 能不能吃得出来？如果吃不出来，就说明他已经不可救药了。

如果吃得出来，那我们倒要对他刮目相看了，以后为他写剧本时，不但不能将他写死，还要让他死里逃生，怎么打都打不死，成为 007 那样的王牌小强。

也不对啊，这个损招儿好像对老 D 也没啥杀伤力，甚至利大于弊，不过，实在想不起啥损招了，凑合着用吧。

两个小时——不，两个半小时后，老 D 终于来了，他这个人从来不守时，延迟半个小时已经算是给面儿了。

看他的打扮，着实把我们吓了一跳：一身大红西服，皮鞋尖得像牛鼻子；更惊人的是那发型，据说是他照着镜子自己亲手剃的：两个鬓角都剃光了，露出青青的头皮，头顶却留得老长，梳理得板板正正的，从额头一直延伸到后脑勺，像马鬃。

老 E 悄悄伏在我耳边说："看老 D 这发型，这打扮，啧啧，再插上俩长耳朵，就是头驴了！"刚说完，她就笑喷了。老 D 莫名其妙，他大概还认为自己的发型很酷很帅，既时尚又惊艳吧？

老 E 好歹忍住笑，让老 D 赶紧坐下来吃饭，并介绍说：这是特地为你准备的硬菜。看，这是燕窝儿，这是鲍鱼，这是人参！

老 D 很吃惊地看着我们，我们既不承认也不否认，一脸莫测地看着他。

老 D 拿着筷子小心翼翼地吃起来，边吃边琢磨着什么，看来心思压根就没在那些"人参鲍鱼燕窝"上，他说："你们这么破费，是不是哪个发达啦，写剧本赚了大钱啦？"

我们仍然一脸莫测地看着他，既不承认也不否认。

老 D 感叹说："咱们这些在京城打拼的穷哥们儿，能有人混到今天这个份上不容易啊。"

我们都自豪地把胸脯挺了挺。

老 D 接着说："当初咱们可说好了，要有福同享、有难同当的，既然现在有人发达了，就不要忘了当初的承诺！"

我们终于意识到事情的走向越来越不对了，刚想打断老 D，他却激动地站了起来，一个个拉起我们的手说："咱们五人帮不能只有老 C 是我的救命恩人吧？我都好一阵子没拍戏了，你们谁赚大钱啦，借我一点吧！"

◀ 如果给你十万元

演员老 D 为了艺术废寝忘食，几乎到了走火入魔的地步。他单调地重复着这样的生活：除了拍戏就是拉片，也不关心周围世界的发展变化，自己都快成时代的边缘人了还浑然不知，麻木不仁。

与老 D 一起奋斗打拼的兄弟们都结婚了，孩子都能打酱油了；那些曾经暗恋追求过他的女生，要么小三上位登堂入室了，要么嫁了富豪住别墅坐豪车抱上宠物了，老 D 还是原先那个穷小子，穿着满身是洞的破牛仔裤，雕刻着花纹的马靴，脖子上系着根脏兮兮却又很艺术的破丝巾，头发乱蓬蓬的，看上去能供八只鸟儿做窝。

作为"非常四加一"的成员，我们没有放弃老 D，也曾经为了将他拉回到现实中来，费了九牛二虎之力，但一次次的努力都白搭了，老 D 还是那个不知死活的老 D，这实在令我们沮丧，比我们的编剧事业毫无起色还沮丧。

没想到，这两年老 D 却火了。真的火了！成了圈里炙手可热

无法抵达的旅程

的大腕儿。虽然这火，有点儿歪打正着，是靠负面绯闻火的，简称"负火"，但"负火"也是火啊，身在娱乐圈儿，没有绯闻哪有知名度？只要火了，目的就达到了，谁管你是怎么火的？

说起来这"负火"的事儿，有点令人哭笑不得，但现实中发生的事儿，就是这么真实而又荒诞。

老 D 接拍了一部戏，在戏中他和一位老戏骨演母子俩。老戏骨虽然老了，知名度却一直居高不下。她看老 D 演戏刻苦，是可造之才，就经常和他切磋演技，甚至手把手教他一些表现人物内心变化的肢体动作，结果被小场记看见了。于是，就有风言风语传了出来。

也邪门了，在屏幕上演绎什么出格剧情观众都觉得正常，但在现实中就这么个小动作就被人想歪了，看来艺术与现实是两回事啊。

老戏骨很爱惜自己的羽毛，为了避嫌，干脆就收了老 D 做干儿子，像电影中那样母子相称。她天真地以为这样就名正言顺了，没想到在外人看来却是欲盖弥彰，此地无银三百两，连狗仔队都盯上了他俩。

狗仔当然不是为了盯老 D，老 D 名气小，连蚊子都懒得盯。他们盯的是老戏骨，老戏骨虽然老了，但是没有过气，值得一盯；老戏骨尽管年纪大了，保养得却很好，脸上一道皱纹也没有，风韵犹存，所以狗仔一直没有放弃她，总觉得她身上有绯闻点，没准儿哪天就爆了。就像"狗咬人不是新闻，人咬狗才是新闻"一样，狗仔永远对绯闻热情万丈。

这天晚上，一个拍戏的间隙里，老D作为干儿子陪着老戏骨去找餐厅吃饭。老戏骨不知犯了哪门子邪，非要吃合菜。老D搀着她转了一圈儿，终于找到了一个能做合菜的小店儿，没想到被敬业的狗仔拍了个正着，连"母子俩"的暧昧背影都拍了无数条，在昏暗的灯光下，越看越引人遐思的那种。

于是，一条爆炸性绯闻就出来了：知名老戏骨重启第二春，与无名小腊肉陷入忘年恋！老戏骨气得在记者招待会上破口大骂，但是有啥用呢？既挡不住悠悠众口，更挡不住闲得蛋疼的网友们消费绯闻的热情，他们一遍遍地在网上搜索着，猜测着：老戏骨的往年恋小腊肉到底是哪位？

就这么着，这条爆炸性新闻除了侮辱性极强，给老戏骨造成了点困扰外，没给她造成任何实质性伤害，却无意中把老D给炒火了，顺带着连他们拍的这部电影也带火了，省了一笔大大的宣传费。

电影上映时观者如云，一票难求，成了当年的票房黑马，小腊肉老D也名利双收，找他拍戏的人得排着队，以至于我们四人要想见他，也比以前更难了。

老D出息了，我们四个哥们却还过着凄凄惨惨戚戚的生活。不但没有写出鸿篇巨制，反而沦落到写烂剧甚至短剧的地步了。

老D在外地拍戏时，偶尔也会没头没脑地打个电话过来，我们都扭扭捏捏地说兄弟你现在发达了，别忘也拉兄弟一把啊。老D不知是听不出话中的意思，还是真忙，嗯啊两声就把电话挂了，此后很长时间都没消息了。

我们都不好意思告诉老 D，我们还是没有进步：天天宅在家里造烂剧，白天睡晚上写，两头不见太阳。人被困在方寸之间，思绪却天马行空地在太空遨游，什么时空穿越、仙侠舞姬、挖坟掘墓、霸道总裁……剧情编得上天入地云山雾罩的，连我们自己都不相信，天天蹲在电视前打哈欠的宠物猫都懒得看。

　　可是没办法，观众喜欢呀，尤其是年轻的观众喜欢呀，他们天天朝九晚五，累得像孙子，就靠这些烂剧释放压力呢。一会儿化身侠客拯救天下，一会儿化身霸道总裁左拥右抱，一会儿戴上皇冠号令天下，痛不痛快？

　　因为都没多大出息，我们四人一直和好如初，但我们都没有忘记，我们其实是五个人呢，只是因为老 D 经常在外拍戏，才变成了非常四加一。

　　飞黄腾达的老 D，让我们心里既羡慕又有点酸溜溜的；想起曾经一起同甘共苦的日子，想起那些馊事和笑料，我们就不由得叹息，嗨，谁叫我们没本事呢。

　　没想到这天，老 D 拍完戏回北京了，打来电话说："哥几个，我回来了，赶紧聚起来，还等啥啊！"

　　老 D 提出来不去大酒店，就在老 C 家。酒菜我们买，钱由他出。真海参真鲍鱼真燕窝可着劲儿买，别疼钱。像过去那样，大家自己做自己吃，吃完了就唱歌，神吹胡侃！

　　看来这家伙还挺怀旧。算是没忘本，没忘了过去的苦日子。最重要的是，听那口气老 D 是真有钱了，咱再不用像过去那样，用白萝卜冒充人参，用银耳冒充燕窝，用雪蛤冒充鲍鱼了！

我们哥四个（我们也称老 E 姑娘为哥们）为此十分振奋，非常四加一终于有一个熬出了头，要与我们有福同享了！于是，赶紧准了酒菜，迎接大明星老 D 前来"下嘴"。

老 D 准时来了，这可以说史无前例，果真人红了就不一样了，懂规矩也懂得尊重别人的劳动与付出了。

这顿饭吃得十分畅快，像过去那样，为了考验"开脑洞"的本事，我们每人说了一个段子，老 D 的段子胜出。他说，这是网上一个很火的段子，也是几个不知名的小编剧写的，不过他们在写出这个段子后就火了——

一个打工的小伙子，租住在一个老太太的房子里，看她无依无靠，就将她当娘孝敬起来，日子过得清苦，但娘俩很开心。

一天，小伙子刚出门，就见石头上压着一个纸条：如果给你十万元，你想用它做什么？

小伙将纸条捡起来扔了。

第二天出门，却发现门口又有一张新纸条，问的还是昨日的问题，如果给你十万元，你想用它做什么？小伙子顺手就写上了：用它盖一处房子，给相依为命的大娘养老送终。

第三天出门，门口又压上纸条了：明天炒几个菜，烫一壶酒，我给你送钱。

于是，小伙子就真的炒了菜，等着。有人敲门，打开门，却不是送钱的，而是一个蓬头垢面的人用枪指着小伙子，说：拿出钱来！小伙子摇摇头，说没有。那人看看了桌上的酒菜，说，那我就先吃口菜吧，反正也饿了！

于是，那个人就盘腿坐下来，像到了自己家一样吃了喝了，并且喝醉了，躺在炕上呼呼大睡起来。小伙子一看，机会来了，赶紧报了警。结果，那人被抓了，警察奖了小伙子十万元。

原来，那是一个悬赏十万的案犯，追了多少年了，没想到在小伙子这里落了网。

老 D 问我们，为什么小伙子到最后真的拿到了十万元？我们说，不就是因为他恰好是个悬赏的逃犯吗？

老 D 把头摇了摇，说这只是写段子的人用的障眼法，不是最后的谜底。没等他的话说完，老 E 就将谜底给揭穿了：

那小伙子能得到那十万元不是巧合，不是天意，是因为那案犯正是老太太的儿子，他流窜在外，知道自己最终法网难逃，便不由得挂念老娘，他要是进去了老娘可咋办？听说小伙子对老娘不错，他便用纸条来考验他。小伙子经受住了考验，他便将报案的机会给了他——因为他事先知道自己这条命，在警察那里已经值十万元了！

大家恍然大悟，都夸老 E 聪明，能破解这烧脑的谜底。

没想到老 E 哭丧着脸说："这个段子它本来就是我写的啊！"

大家大惊失色，老 D 连正要往嘴里放的海参也惊掉了，忙问："老 E，怎么会是你写的呢？网上说是几个小编剧写的啊。"

老 E 说："是我写的！我见一个影视公司征集创意，就署上我们几个人的名字投到了他们的邮箱里，没想到被他们剽窃了，还顺带着把他们养的几个小编剧推出来，给炒火了！"

◀ 十九线明星轶事（一）

在北京，奇人异士很多，X君便是其中一个。无论吃饭还是参加活动，经常碰到他。在朋友圈中，他无人不知无人不晓。

X君也算是一位影视歌三栖的明星了，他唱歌，偶尔也拍点影视剧，演的基本是陪衬红花的绿叶角色。虽然知名度不是很高，但用他调侃自己的话说，人家是十八线明星，他怎么也算是十九线了吧？

X君跟我们年龄差不多，都是三十大几不到四十岁。他是正规音乐学院毕业，并且是正规院团的演员，只是因为爱喝两口经常耽误演出，在团里混不下去，才出来单干的。大家都说他才华横溢，只是运气不大好。

X君平时不修边幅，有时候西装革履甚是讲究，有时候却邋里邋遢，蓬头垢面，甚至奇装异服，令人瞠目。总之，每天的衣着打扮要看他的状态和心情，他活在自己的世界中，我行我素，随心所欲，才不管你们怎么看呢。

我们编剧帮的老A和X君关系不错，私下里为他辩解说：X君其实是个性情中人，别看他行为怪异，但真没啥坏心眼儿。搞艺术的嘛，哪个还没有自己的个性？

这天吃饭，我们编剧帮又和X君遇上了。看来，北京还是太小了。

X君有个特点：敬业。除了爱喝两口，任何场合都忘不了他的老本行，逢喝必醉，逢醉必唱，一唱必是声嘶力竭，脸红脖子粗，八头牛跑不出他那种气势。只是，唱得太卖力，声音太大了，跟树上的秋蝉似的，成了噪声。饭局上他一唱，女士们就赶紧捂耳朵。

擅长顺口溜的老E悄悄地说：这歌声，男人听了发神经，女人听了断月经，这是抑郁症的克星，植物人的闹钟！

不过，鼓掌声和叫好声还是不少的。老A说，喝酒要的就是个气氛，没这么个人，还真没这个劲儿呢。

只是，这个饭局让大家都发现了问题：X君有个动作，跟他那大男人的身份不大协调，甚至可以说很怪异，那就是他老是爱翘兰花指，端杯时也翘，拿筷子时也翘，笑的时候更不用说，还翘着兰花指掩嘴俏笑呢，一个大男人做这个动作，咋看咋不得劲儿。

我们私下里嘀咕：X君这是怎么啦？以前也没见他这样啊。你又不是个唱戏的旦角演员，兰花指不是你必修的功课；再则你是个大男人，身体壮得像头驴，这么翘兰花指是中邪了，还是进入某个角色了？

大家有点怀疑他取向是不是有问题，只是没好意思说出来。

老好人老A好心要劝劝他，就悄声跟X君说：朋友，以后在场合上，你该唱唱，该跳跳，但千万别翘你那弯弯曲曲的兰花指了。

X君听了把眼一瞪，说："兰花指怎么啦？"

老A说："还怎么呢，你是个大男人啊，要有阳刚之气。大家听得你唱得正起劲呢，你兰花指那么一翘，大家的鸡皮疙瘩立马就冒出来了！"

X君听了，显然不太高兴，哼了一声，说："大男人怎么不能翘兰花指了？你们懂不懂得审美？再说啦，这是我作为艺术家的自由，你们一群小编剧管得着吗？"

我们帮最小的老E妹子听他说话不顺耳朵，就反唇相讥说："小编剧咋的啦？难道你还是大明星？真是屎壳郎打哈欠——口气不小。"

X君听了她这番话，不但没翻脸，还扑哧一声笑了："我知道你们是好意。我告你们啊，我可不是凡夫俗子，我不受世俗约束，就愿意反其道而行之，你们知道我崇拜谁吗？"

"谁？"大家都伸长了脖子。

"慈禧太后！"X君翘着兰花指自豪地说，"我最近正在研究她的资料呢，我发现她老人家真不简单，不但威风八面，还千娇百媚，柔中有刚，刚中有柔，要不怎么都称她老佛爷呢。"

X君边说着，边捋了捋自己的手指，好像要把他捋得再长一点，让我们眼前立马浮现出慈禧太后戴着长指甲的尊容，脖子后接着一阵凉，好像后面又飞来了一个梅超风，朝我们伸出了九阴白骨爪。

大家面面相觑，立即明白了 X 君那兰花指的由来。

好嘛，一个大男人崇拜慈禧太后，这还真是第一次听说，怪不得他变成了这副模样了呢。看他那表情，还真的挺有慈禧太后当年的神韵。

老 A 无奈地摇了摇头："你这家伙太任性了。"

不过，咱这也确实管不着人家，毕竟人家就是崇拜李莲英、潘金莲、希特勒、丐帮帮主和七个小矮人，这也是人家的自由啊。只是这样"各色"的家伙，我们还是躲远点儿吧，近朱者赤近墨者黑，我们可不想也变成一副不阴不阳的模样。

可惜，老 A 这人没记性。有一次，有个大型活动需要几个演员，老 A 和导演是电影学院的同学，就给他推荐了 X 君来演出，当然他也眉飞色舞地将 X 君夸了一顿，说他歌声高亢，舞姿优美之类，其实说穿了，无非是听说 X 君失业了，让他来赚点酒钱而已。都是圈内熟人，不是外人，虽然演出费不高，也算是肥水不流外人田，老 A 也顺带赚个人情。

老 A 就是这么个善良无底线的人，心善耳根软，爱做雪中送炭的事，从来不会落井下石。

导演被老 A 说动了，同意了。

于是，老 A 便打电话给 X 君，让他某月某日某时到某地点来演出，唱啥跳啥自选，但要把曲目名字先报过来，最重要的是一定不能喝酒误了事。X 君倒也痛快，一口答应了，没问报酬也没提任何条件，不像某些十八线演员，明明平时没人请也要端着。

从这点来看，X 君要比他们高一个等级。

演出那天，X君早早就到了，还挺遵守时间，看起来一切正常，老A也松了一口气，觉得自己这事做得靠谱，算是两全其美，作为朋友也挺有面儿。

节目轮到X君时，就见他脸上画得像印第安人，头上还插着两根类似鸡毛的东西，穿着高跟鞋和一身妖艳的大红裙子就上台了，打扮得中不中，西不西，放的音乐也不知道是哪个国家哪个民族的，听上去十分狂野。

观众在台下，看得一脸懵逼，正疑惑着呢，随着舞台上激烈碰撞的乐声，X君开始旁若无人地载歌载舞起来，跳得雌雄莫辨，有点儿像黑人跺着脚跳的一种什么舞蹈，急促壮烈，但听他唱的，又好像是国内西部某地的一种戏曲，缠缠绵绵，高亢凄厉。

X君唱的跟跳的南辕北辙，但他确实又把它们统一到了自己身上，十分的拧巴，也十分的刺激。

台下的观众哪见过这种演出，顿时闪光灯不停地啪啪啪闪个不停，嘘声叫好声一浪高过一浪。有的女观众大概怕震坏了耳朵，忙双手捂住，但即便如此，嘴里还不忘嗷嗷地叫着，那场面真是太疯狂了，好像一个养鸡场，扔进了一颗手雷弹。

舞台总监和导演在后台面面相觑，也不知他到底唱的是什么歌，跳的是什么舞？难道是自己艺术理念太落后了，看不懂X君的前卫了？真像网上说的，初听肝肠寸断，再听生无可恋啊。

喊过老A来问，老A挠着后脑勺也说不出个所以然。看节目单，没有这个节目啊，难不成这老弟到这儿自由发挥来了？他们相互摊着手，一脸的无奈。

无法抵达的旅程

老 A 打圆场说，只要观众高兴就行了呗，不是说观众是上帝嘛！

导演和舞台总监看观众的情绪那么热烈，也不好说啥了。

演出完后，导演拽住一个女观众，问她喜欢 X 君的演出不？女观众一脸懵，反问："X 君是谁？"

导演只好提示说："就是那个头戴鸡毛、穿着大红裙子载歌载舞的男的，刚才他演出时，我看见你一边叫喊一边把假发都摘下来摇着呢！"

女观众忙下意识地按住假发，忙不迭地说："哦哦，想起来了，想起来了！喜欢，挺喜欢的！"

导演问女观众为什么喜欢，女观众说："一个男的把脸画成了猴子腚，还穿着大红裙子高跟鞋跳舞，舍得为艺术献身，热闹啊，刺激啊！"

导演再也不敢问下去了，冷汗顺着脖颈子往下流。回头找老 A，老 A 早跑得无影无踪了。

◀ 十九线明星轶事（二）

　　自从上次推荐 X 君参加演出坐蜡了之后，老 A 吸取了教训，再也不敢推荐他登台了。我们私下里也都数落老 A，放着编剧不好好做，净掺和些演艺圈的事，这不是自讨苦吃吗？

　　老 A 挠着他那颗乱蓬蓬的脑袋，说：嗨，这不是看他一个人漂在北京不容易，所以才想到帮他一把，让他赚壶酒钱嘛！

　　又是酒！最小的老 E 朝他翻翻眼珠子：X 君就毁在那口酒上呢，你还惦记着他喝酒，你这叫助纣为虐啊。

　　可不是嘛！老 A 说，他这家伙整天醉醺醺的不说，还经常想一出是一出，随心所欲，自己砸自己的锅。所以你看，现在请他演出的人越来越少了，没招儿，他只好隔三岔五地往下面跑，去参加那些草台班子的演出，挣个仨核桃俩枣的维持生活，也真难啊。

　　老 E 说：要想通过自己的奋斗跨越阶级，哪个不难？别拿 X 君说事，我们比他还难呢！

　　老 A 嘟哝说，这不就是同病相怜嘛，有点同情心好不好？

　　这话说完不久，我们编剧帮的人就又跟 X 君遇上了，不过这

无法抵达的旅程

次跟他遇上的不是老 A，而偏偏是看不惯他的老 E。那天她在某省某地做完采访，要坐高铁回京的时候，碰巧遇到了刚在此演出完的 X 君，他表现得十分热情，不由分说地要拉着老 E 去他的家乡看看。

X 君说那是一个小县城，还需要坐两个小时的客车，走一段弯曲的山路。老 E 听了想推辞，胳膊已经被 X 君拉住了；老 E 要自己掏钱买票，X 君坚决不肯，说我请你就得我出钱，你既然来到我们家乡了，我是主人你是客，一分钱都不能让你花！

老 E 没想到，X 君还挺好客挺仗义的呢，只好随着他上了车。沿路上，没见 X 君翘他那经典的兰花指，大概是戒了，老 E 不由得暗暗松了一口气。

一路颠簸，差点把老 E 的杨柳小细腰给颠断了，好歹坚持到了 X 君的老家。这时天已经黑了，老 E 的肚子饿得咕咕响，刚想提议找个地方吃点儿饭，X 君却拉着她的胳膊直接去了县城广场。原来，他在那里还有一场演出。

连顿饭吃不上，这哪是请人来做客啊？老 E 有点恼火，便旁敲侧击说，你们演员不吃饭能唱得出来吗？谁知，X 君却朝她挤了挤眼睛，笑嘻嘻地说：饱吹饿唱嘛，难道你没听说过？

老 E 差点气晕了。这时，X 君却又伏在她耳边说：哥们儿，你先捱一会儿，等演出完了，我请你喝啤酒撸串，保管让你吃得饱饱的哈！

老 E 也不好说啥了，只得舍命陪君子，先陪 X 君去了演出场地。她也没想到，应邀来做客，却成了小跟班。

演出场地不是剧场,而是露天广场,观众就是那些消夏的人群,熙熙攘攘吵吵闹闹的,周围有很多帽子叔叔在维持秩序,横幅上写着欢迎 X 君回家乡演出之类的大字。老 E 没想到,在北京狗都不理的 X 君在家乡知名度还挺高,不由得捂着嘴巴笑,说:你小子行啊,我这也算开了眼了!

X 君也嘿嘿地笑,他这天的演出服也挺独出心裁的,是古装,有点像电视剧《八仙过海》中的龙太子。不时有人挤过来找 X 君签名,X 君来者不拒,那签名也是龙飞凤舞,不拘一格,看来是特意练过的。

签名活动刚忙完,从一旁翩翩走来一位古装大美女,看来也是位演员,从那肥美的姿态看,扮演的是杨贵妃,并且是男扮女装。自从李玉刚在星光大道成了名,男扮女装的模仿秀就层出不穷,而一些民间演出也常常以此作为噱头。

大概看 X 君穿着太子服十分潇洒,"杨贵妃"就靠过来,不停地朝他撒娇卖萌抛媚眼,看得一旁的老 E 直反胃,差点就吐了。X 君刚开始懒得搭理"杨贵妃",被他骚扰得烦了,不由得回头大喝一声:死变态,滚!

"杨贵妃"挑逗"龙太子"失败,嘬着嘴讪讪地躲到一边去了,挺不甘心的样子。X 君还以为老 E 没看出来他的性别,悄悄地说:"那是个变态,离他远点!不过,你也不用担心,他对女的没兴趣哈。"

老 E 哭笑不得。大家都曾经因为 X 君崇拜慈禧太后并爱翘兰花指的事儿,怀疑他的取向问题,但从今天这件事看来,他其实是个正常人，并且天性直率，不也爱憎分明，只是因为沉浸在某个角色中，拔不出来了而已。

这天X君的演出十分成功，他就像个人来疯，人越多越兴奋。在父老乡亲们的叫好声中他如鱼得水，不但载歌载舞，还妙语连珠，每唱完一首歌就发表一番热情洋溢的演说，等于一边演出一边主持，把乡亲们激动得热血沸腾。那火爆程度，不亚于一线的明星大腕。

X君唱着港台的那些怀旧老歌，让台下的老E不由得感叹：歌老了，哥也老了。别说，回到家乡的X君发挥超常，可圈可点，还让老E领教了他那滔滔不绝的好口才。

演出结束后，X君也兑现了他的承诺，带老E去县城最热闹的一家烤串店去喝啤酒撸串，直喝得酩酊大醉了还不罢休，还要找地方再继续喝，直到店老板出面告诉他：这个点儿了，县城的馆子都关门了！

X君只好作罢，在老E的劝说下回酒店休息。老E看他走得歪歪扭扭的怕他摔倒，要扶他一把，没想到X君还挺纯真，把老E推开了，大着舌头说："不用，县城小，少见……多怪，别给你……造出啥绯闻来……"

老E不知主办方给X君订的是哪个酒店，X君说他知道，跟他走就成。老E将X君送到酒店，坐电梯送到了十层，X君摇摇晃晃地去开房门，怎么也打不开。老E提示他是不是拿错了房卡或者走错了房间？低头一看，没错啊，楼层和房间号都是对的。

再开，还是打不开。老E夺过房卡一看，原来X君走错了酒店！

第二天，X君睡到了中午，终于睡醒了，打电话到老E的房间来赔不是，说邀请她来做客，却没照顾好她。为了表示歉意，特地邀请她去泡泡脚，缓解一下疲累。

泡完脚，两人在店门口等滴滴。X君望着家乡马路上那些奇装异服的姑娘小伙，很是感慨，边用兰花指勾着鬓角的头发边说：这年头，怎么都打扮得不男不女的？没想到连老家这小地方都这样了！

老E看着他那弯弯的兰花指，不禁哑然失笑，刚想说：你咋不看看你自己呢？却见泡脚店的小姑娘拿着一只景泰蓝手镯跑出来，递给老E说：姐，你的手镯忘拿了！

老E很疑惑，说：我没戴手镯啊。

这时，却见X君跨前一步接过手镯，说：你记错人了，这手镯是我的！

说着，X君就把那只花花绿绿的手镯戴在手腕上，翘起兰花指欣赏着，一脸陶醉地说：这景泰蓝手镯也是我的偶像——慈禧太后最爱戴的呢！

第四辑

万物皆有灵

◀ 鸡司令花脖子

二嫂家养了三十多只鸡，其中公鸡五只，剩下的全是母鸡。

其实，二嫂从鸡场买它们的时候，原本是想全部买母鸡的，因为母鸡会下蛋，公鸡却只会打鸣。可是由于鸡崽很难分出公母，她抓鸡崽的时候，便不小心混进了几只公鸡。

所以说，这几只公鸡从一开始就不受主人待见。

主人这么嫌弃公鸡，鸡们并不知道。它们有它们世界的规矩。俗话说，物以稀为贵，公鸡比例太少，在鸡群中当然养尊处优，身份高贵。

可是，再贵也有优胜劣汰。当鸡们渐渐长大，能分出雌雄时，一场场大战便在所难免，为了粮食，为了配偶，自然界里每天都在发生着这样的战争，并非仅仅在人类之间发生。

五只公鸡都很有想法和抱负，都想成为母鸡们的护花使者，可是不是所有的公鸡都有这个权利，尽管僧少粥多，也要经过竞争才能获得，这是物竞天择的自然规律，鸡们也必须遵守。

经过一场场鸡毛飞舞的大战，大公鸡花脖子终于脱颖而出，成了鸡王。群龙不能无首，群鸡当然也是。

之所以叫它花脖子，是因为它全身褐黄，唯有脖子处围绕着一圈金黄——耀眼夺目的金黄，仿佛金色的奖章和某种挂在脖子上的荣誉。脖子动的时候，根根羽毛都散发着光芒，一闪一闪的，很是夺人眼球。

眼看着鸡们都长大了，公鸡们能打鸣了，母鸡们快要下蛋了，它们身上都有肉了，二嫂便揣摩着先杀掉一只尝尝鲜，可是，先杀哪只呢？

二嫂琢磨了一下，决定先拿公鸡开刀，因为母鸡能下蛋了，那就是下钱啊，自然不舍得杀；要杀就先杀公鸡吧，公鸡用处小，又不能下蛋，虽然能打鸣，但打鸣有啥用呢？现在人连表都不用了，有了手机，还用得着看表吗？还用得着公鸡打鸣报时吗？

那太原始了，早就该淘汰了。

可是，二嫂这样想，大公鸡们却不一定这样想。它们仍然认为自己的打鸣事业很神圣，每天都要兢兢业业地履行。而二嫂因为还没有琢磨好先杀哪只，它们也得以暂时苟活着。

花脖子每天带领公鸡们几次打鸣，时间掐得比钟表还准。晚上是十一点一次，十二点一次，可能等于熄灯号吧。然后就不打了，再打就扰民了。

早上五点，花脖子昂首发出了第一声啼鸣，然后，五只公鸡便开始了长短不一、参差不齐的五重唱，憋了一晚上了，特别昂扬。然后，大概每过一个小时打鸣一次，直到太阳出来，就不嚷嚷了。

叫早的任务已经完成，人们也都已经起床该干嘛干嘛了，再打鸣就是噪音了。公鸡们都很识趣，不做违反规矩的事。这一点，它们比人都强。

这时候，花脖子就跳到鸡棚上，精神抖擞、昂首阔步地走来走去，脖子上那一圈金色的羽毛明晃晃的，好像在炫耀。

我说，这花脖子还真是气度不凡，像个司令。

于是，大家又开始叫鸡司令花脖子。花脖子听了，在鸡棚上点了点头，又喔喔地叫了两声，大概对这个神气的封号很认同。

吃着同样的饲料，花脖子却长得比别的鸡大，也更壮实，还是大长腿。凭借着身高和战斗力的优势，花脖子在鸡群中一家独大，威风凛凛，颇有司令的范儿。

还有一个叫人哭笑不得的事儿，多数的母鸡好像都成了花脖子的妃子，其余那四只公鸡只有当电灯泡的份儿，谁想动花脖子的爱妃，他就会冲上去与人家决斗，不把人家的头顶啄下几根毛来不罢休。

这也太霸权了吧！护花也不能这么个护法，你吃肉也不能不让弟兄们喝口汤吧？难道你真把自己当鸡王了，三宫六院七十二妃，却让弟兄们都打光棍？

原先的时候，每当主人扔进了瓜皮菜叶子，鸡们便一哄而上，眨眼吃个精光，而当花脖子成了司令，鸡们都不敢了，也不知花脖子背后下了什么指令。每当主人喂食，只要花脖子不靠前，便没有鸡敢冲上来抢。

连主人的话，都没有花脖子好使了，这不是功高盖主吗？危险已经在悄悄地来临，可惜花脖子不知道。

二嫂挥舞着菜刀说，花脖子你别嘚瑟，早就看你不顺眼了！再把你养肥点，要杀，就先杀你！

不知花脖子听不懂主人的话，还是被权力冲昏了头脑，竟然继续昂首阔步，对主人的唾骂充耳不闻，甚至还从嗓子眼里发出了两声哼哼声，听起来很像是轻蔑或者不服气。

此后，花脖子开始越来越狂妄，做了很多目无主人、火上浇油的事，让它离自取灭亡不远了。

母鸡们开始下蛋了，尽管下得像鹌鹑蛋那么小，却已经令主人高兴得合不拢嘴了。花脖子也骄傲地在鸡栏里走来走去，恨不得向全世界宣布这都是它的功劳。

母鸡们下蛋，各有风格。有的喜欢在鸡窝里下，有的偏偏要飞出来找个篮子下。二嫂也不干涉，母鸡们下个蛋不容易，憋得脸红脖子粗的，跟女人生孩子有啥区别？到哪里下蛋是母鸡们的自由，只要把蛋下出来就是功臣。

可是，二嫂对母鸡们没有要求，花脖子却不依了。每当那只黑毛的小乌鸡飞出来下蛋时，它就愤怒地跳上跳下，试图阻止乌鸡，大概是怕它逃出去跟那只公鸡私奔了吧。

能下蛋的母鸡越来越多了，二嫂每天都能收获十来只鸡蛋。母鸡们下蛋时，可把花脖子忙活坏了，它在母鸡们的身边走来走去地巡逻，一副护花使者的样子，谁也不能靠近。别说，那画面还挺温馨。

每当一只老母鸡下出一只蛋，就好像听见花脖子长吁一口气，看那架势，它比老母鸡还累呢。

但花脖子终于大难临头了。

这天，二嫂穿着水鞋进鸡栏打扫，没看见花脖子正陪着一只老母鸡下蛋，花脖子以为嫂子要来干涉母鸡的生蛋事业，跳起来就将二嫂的腿啄了一下！

这还得了？自己养的鸡竟然啄主人，主人能不动杀心吗？一次次地放过你，你却得寸进尺，怨不得这次主人要动手了！

二嫂跑进屋拿了把菜刀，往身上蹭了蹭，就进了鸡栏，其他的鸡们吓得一哄而散，偏偏花脖子不知死活，不但不退，还挑衅般往前跳了跳。

二嫂一把抓住它的花脖子，举刀就要砍，花脖子这才明白二嫂要动真格的了，顿时吓得魂飞魄散，连声音都变了，嘎嘎嘎地跟个太监似的，全身缩成一团，连那一圈金闪闪的花脖子也瞬间黯淡了。

二嫂没想到花脖子这么怂，本来一腔要杀的激情瞬间消失了。就这么个懦夫，值得动一次手吗？二嫂说，先留着，养得更肥些再说吧。反正，经了这一吓，估计它也闹不了什么妖，翻不起什么浪了。

果然，花脖子在鸡群中的形象从此一落千丈，完全失去了往日的威风。它变成了一只胆小怕事、畏畏缩缩的公鸡，抢食它在最后面，睡觉它在最里边，被别的鸡踩在头顶了，它也不敢吭一声。它的妃子们也纷纷移情别恋，它的鸡王地位很快被它曾经欺负过的公鸡取代了。

二嫂将花脖子的翅膀也给剪掉了，剪的时候它老老实实、一动不动，就像只标本。二嫂用手指剟了一下它的头，说："花脖子，早知现在，何必当初呢！"

◀ 人与畜

闹洞房的人都散去了，终于可以长吁一口气了，新娘子艾草铺好了被褥，悄悄地回头一看，却发现大栓还在仔仔细细地打扫战场呢：糖纸、烟蒂、花生瓜子皮……都一一捡起，连一根头发丝也不放过，这个傻子！

艾草不由得捂着嘴巴偷笑，怎么才能让这个傻子把心收回，看看自己的新娘子呢？

这时，有个奇怪的声音却时断时续地响起，把艾草吓了一跳。侧耳凝听，原来是一个半大小子嘶哑的哭嚎声：饿、饿、饿啊……

艾草发现，大栓闻听后脸色大变。声音传出的地方，正是在他家的后院，而且声音越来越大，越来越清晰。

艾草觉得蹊跷，立马下了床穿鞋子，大栓一把没拉住。

艾草推开贴着"囍"字的房门，隐约看见一个身影一闪，进了后院。艾草像中了邪一样，不由自主地跟着往后院走去，越往前走，越感觉怪异，也越觉得后怕。

在后院盛农具的破屋子里，借着微弱的灯光，艾草看到了一个熟悉的身影：婆母，此刻她正将端过来的一碗饭，慌慌张张地递给一个半大小子，那半大小子接过去狼吞虎咽地吃起来，边吃还不时含混不清地咕噜着："饿、饿、饿啊……"

声音凄厉、悲怆，令人心碎。

艾草也不知是害怕还是愤怒，不管不顾地大喊了一声"妈"！，婆母闻声吓得一抖，要是手中有碗的话，肯定就摔得粉身碎骨了。她回头看见艾草，尴尬地苦笑着，气氛顿时僵住了……

事情瞬间真相大白：因担心这门亲事吹了，大栓一直谎称家里只有他一个独子，却隐瞒了他有一个 13 岁的脑瘫弟弟小栓的事实。艾草每次来，母子俩都将小栓藏起来。从恋爱到结婚，他们一直将这事捂得死死的，而村里人也积极配合母子俩演戏，将这场"独子戏"演得天衣无缝，滴水不漏。

全世界都知道怎么回事，唯有艾草不知。她才是那个真正的傻子，不是大栓。

艾草一气之下，不顾婆母和大栓的再三哀求，脱下婚服连夜跑回了娘家，在炕上大瞪着眼睛躺了三天三夜，不哭不闹，不吃不喝，脸白得像张纸，新娘子的喜气半点全无。

这可把老爹老娘吓坏了，再这么下去，老爹老娘就要去邻村请神婆来驱邪捉鬼了。

老两口就这么个闺女，可不能就这么不明不白地成了痴子和哑巴。

第四天，婆母和大栓带着大包小包的礼物来了，都一脸的憔悴，一脸的愧疚。婆母用袖子抹着眼泪，承诺以后自己独自养活小栓，就当没有小栓这个人。只要艾草能回去，立马就分家，绝不连累他们小夫妻俩。

艾草爹娘这才知道了怎么回事，在他们的再三劝说和哀告下，艾草这才不情愿地爬起来，简单地梳洗打扮了一下，跟着回了婆家。

毕竟人家都说到这个份上了，再不依不饶就显得自己没理了，不能因为自己这个新媳妇，就抹去小叔子的存在。

此后的日子，过得也还算安稳，毕竟婆母和大栓都是通情达理的人，只要艾草不找茬，就平安无事。婆母和小栓住在后院的农具屋里，用一扇门将这个家隔成了两个世界。各过各的，互不干涉。

艾草如释重负，像所有刚刚结合的小夫妻那样，甜蜜才刚刚开始呢。

没承想这样的日子终究是埋着雷，不久后就出事了！

婆母要种地，无法照料小栓，只好将他拴在窗棂上，经常半天不回来。小栓正是长身体的时候，饥饿难耐，就用牙去啃窗棂，将窗棂也啃坏了，碎屑飞扬，还不时大喊大叫，惹得从城里回乡探亲的邻居杨伯横眉怒目，掐着腰来吵。

习惯了城里生活的人本来就有神经衰弱的毛病，晚上睡不着，白天想打个盹呢，这熊孩子这样嗷嗷叫，这不要人命吗？杨伯说，再这么下去，他就告派出所了，要不就干脆将小栓送到精神病院去，让他和那些疯子们一起嗷嗷叫去。

大栓听杨伯说得不好听，抓起张铁锹就要往外冲，被艾草拉住了。杨伯的儿子在城里当官儿，得罪不得。况且小栓也的确是烦人呢，还不让人家发泄一下吗？

刚下地回来的婆母无奈，对着杨伯赔了一千个不是后，就将小栓牵了出来，用绳子松松地将他拴在村外的一棵白杨树上，让他看着来往的车辆打发寂寞。

路上热闹，小栓显得十分开心。

这天，小栓手上的绳子磨断了，爬到了路中间来，捡拾石子玩。一个喝得醉醺醺的汉子骑着摩托车，冲着他就撞过来。正巧婆母下地回来，眼看着小栓凶多吉少，就不顾一切地冲了上去……

婆母因伤势太重，没抢救过来，死在了医院里。咽气前哀求大栓和艾草，要好好照顾小栓。她这辈子欠他们的，下辈子还上。

艾草含泪答应了，她自己也快要当妈妈了，心也变软了。面对着只剩下一口气的婆母，她也生出了无限的怜悯与愧疚，她握住了婆母骨瘦如柴的手，让她感受到自己真诚的承诺。

此后，小两口就将小栓接到了前院来，艾草尽心尽意地照顾小栓，虽然也有不耐烦的时候，或者因为农活太累忍不住发脾气摔盆子甩脸的时候，但总的来说，作为嫂子她还算勉强合格。

西瓜熟了，大栓住在瓜棚里看瓜，不常回家。邻居杨伯又从城里回乡探亲了，小栓一喊他就用拐棍捣着墙骂骂咧咧，那些又难听又恶毒的话，都不像从一位老人嘴里秃噜出来的，脏得让人不敢听。

艾草无奈，只好又把小栓拴到了村外，像婆婆那样。只是每次离开的时候，她都会给他放下点干粮和水，以免饿着他，有时，还给他放几件村里孩子不玩了的玩具。

艾草大着肚子，忙活地里的活儿，累得晕天晕地，这天竟忘了给小栓送水送饭，晚上也忘了把他接回家。

昏睡到第二天中午，艾草才醒来，顿时吓出了一身冷汗，慌忙骑着电动车赶过去，却发现小栓竟然活得好好的，不像挨饿的样子，见了嫂子还冲着她笑，从旁边摸出半个馒头给她吃。

艾草懵了，这两天是谁在照顾小栓呢？

这时，一条流浪狗颠儿颠儿地跑过来，叼着半瓶水放在小栓旁边，像对老朋友那样。小栓很自然地抓起那瓶水咕咚咚喝着，狗则趴在他旁边望着远处的河流、田野，悠闲地摇着尾巴。

艾草顿时明白了，不由得流下了眼泪。她解开小栓手上的绳子，用电动车将他带回了家。

流浪狗跟着跑到家门口，看样子它也想进门，让艾草给轰走了。艾草不喜欢狗，尽管它救了小栓。

狗只好悻悻地走了，一步三回头。

大栓正在瓜棚里忙活着，却发现一条流浪狗前来偷西瓜，它用爪子艰难地扒拉着瓜，看样子想把它弄走。见大栓追过来，流浪狗只好放弃西瓜，转而用嘴叼起一根黄瓜准备逃走。

大栓哪里肯放过这个偷瓜贼，举起铁锹敲断了它的一条腿。

流浪狗呜呜地哀叫着，还是顽强地叼着黄瓜，瘸着腿颠儿颠儿地逃走了。

大栓看着狗一瘸一拐的背影，不由得想起了自己脑瘫的弟弟，忙摘了只西瓜带着回家去。

大栓走到家门口，却看见了令人泪崩的一幕：只见那只被打瘸的流浪狗叼着黄瓜，艰难地爬过门槛，它爬到小栓住的那间厢房，将黄瓜小心翼翼放在他的面前……

◀ 无根的丝瓜

孩子才4岁，就患了一种可怕的病，这种病目前全世界也没有更好的治疗办法。出于安全考虑，她只好将儿子拦在家中，切断了他与外界的联系。

夏天的时候，孩子尚能走出房间，蹒跚地在院中玩耍，与那条拴在葡萄架下的小狗为伴。冬天天冷了，因为怕儿子感冒，她只好将他圈在房间里，不让他走出半步。

这个"小萝卜头"完全失去了自由，他只能用双手扒着窗棂，眼巴巴地瞅窗外的那一角蓝天，和枸杞树上偶尔拜访的小鸟。

每当看到街上那些活蹦乱跳的孩子，她的眼泪就一个劲地往外涌。

她常常梦见儿子好了，成了街上那些健康孩子中的一个，背着书包蹦着跳着扑进她怀里，像其他孩子那样脆生生地喊着妈妈！

然而，四处求医及精心护理，都毫无成效。孩子爸爸看不到希望，更承受不了没完没了的痛苦，同她离了婚，又找了个女人，以最快的速度生下了一对龙凤胎。

当儿子一次次病倒在她怀里，她欲哭无泪，犹如在活生生地经历一场噩梦。眼睁睁地看着儿子清秀的小脸儿因痛苦变得扭曲，她的心像被刀子一下下捅着，千疮百孔！

她既不能替代儿子的痛苦，也不能阻止这样的噩梦发生，她受够了，经常想一死了之，一了百了。她准备了足够的安眠药，想就此告别这永无尽头的烦恼。她端详着儿子的小脸儿，泪水如檐头的滴雨滚落：没娘的孩子，以后还有谁会关心他的结局？

冰凉的泪滴落到儿子粉嫩的腮上，他抖动了一下，蓦地醒来了。他惊悸地看着妈妈，一脸迷茫，但他很快就明白了什么，惊慌失措地爬起来搂住她的脖子，哭喊着："妈妈不要，妈妈不要！"

儿子撕心裂肺的哭喊使她猛醒了，她捶打着自己的头：他那么小，那么无助，他的命运完全掌握在大人手里，抛下他，与把他抛下悬崖或者将他抛给野兽有何区别？你给予了他生命，却为何不敢对他负责？

她将那瓶安眠药扔进了窗外，在心里暗暗发誓：只要有一口气在，她就要将儿子养大，让他像个正常人一样生活！

从此，她的生命里就只剩下了儿子，再无其他。

春天，阳光一天比一天明亮，天气一天比一天暖和起来。窗外的树枝上，爆出了淡绿的新芽，性急的迎春花不等叶子萌发，就先将黄黄的花朵缀满了长长的枝条，如一只只小手召唤着希望到来。

儿子终于被允许出来"放风"了，他一副受宠若惊的模样，看着她的脸色扶着门框走出来，小心翼翼地在院中走动，看见什么都新鲜。初春的阳光，给他苍白的小脸儿镀上一层虚假的红润。他抬头瞅瞅太阳，忙又用小手捂住了眼睛——他的眼睛被耀花了，一冬不见太阳，他适应不了强光的刺目。

她发现在这个崭新的春天里，儿子的求知欲也变得特别强。看到脚下被风刮过来一张图片，上面有只袋鼠，他就奇怪地问："妈妈，为什么这只袋鼠的袋子里没有小袋鼠？是不是它还没有结婚啊？"

看见电视上人家过生日，他就会说："妈妈，你啥时候过生日啊？我长大了就去幼儿园挣钱给你买生日蛋糕！"或者："我长大了就开着玩具车拉你去爬长城！"

这天，儿子在墙角边发现了一棵瘦瘦的植物，如获至宝，忙拉着她过来看："妈妈，这是什么？是不是灵芝草呀？"

她扑哧笑了，说："那哪是灵芝草啊，傻孩子，那是丝瓜。可以炒着吃做汤吃，还是一味利尿解毒的中药，瓤子呢，可以刷洗碗筷用。浑身都是宝呢！"

儿子指着头顶的太阳，又指指墙角阴影中瘦若游丝的瓜蔓，说："妈妈，为何太阳公公照着我，照不到它呀，是不是太阳公公不喜欢它？"

她心里一热，忙从工具箱里掏出把生锈的小铲子，鼓励他将丝瓜蔓从墙角挪出来，挪到葡萄架下阳光充沛的小花园里。

这是她第一次放手让儿子做事情，他的小脸儿激动得都涨红了。他蹲下来，笨拙地用小铲子在瓜蔓周围挖着，每下只能挖起几颗沙砾，他的气力实在太弱了。

尽管如此，他还是乐不可支，似乎在郑重地完成一项神圣的使命。在他用尽吃奶的力气将瓜秧挖出来后，她却发现丝瓜的主根被刨断了，只剩几丝杂乱无章的须根在微风里飘着。

她犹豫一下，对儿子说："没有根的植物活不了，扔了它吧！"

儿子忙将丝瓜秧藏在背后，仰着脸，忧伤地问："那它的妈妈到哪儿去找它呀？"

她霎时泪流满面！

她将他藏在背后的小手拿过来，将那棵无根的丝瓜捧在手里，如同捧起了一个信念。瓜秧上还有些细若游丝的根须，那将是它生存的全部希望，尽管微弱，却是最后的稻草。

她牵着儿子来到葡萄架下，小心翼翼地将瓜秧栽在了儿子阳光明媚的窗前。

从此，这母子俩就有了事儿可干，像一首儿歌中唱的那样"天天来浇水呀天天来看它"。每天，儿子都摇摇晃晃地提着喷壶来做园丁，浇丝瓜成了他最大的乐趣。

可是，一天天过去，丝瓜叶子仍然蜷缩着，一副萎靡不振的样子，底部的叶子全枯干了。看着这奄奄一息的植物，她有种心搏骤停的紧张。儿子不知道，这棵丝瓜的存活与否，对他的妈妈来说有着非同寻常的意义，照旧每天乐此不疲地重复他的事业。

气温一天天升高，儿子身上的厚衣服也一件件褪去。她为他头顶扣上了一顶小草帽，以免阳光晒伤他娇嫩的皮肤。

儿子从水龙头接少量的凉水，点点滴滴浇到丝瓜上，然后蹲下来，看着泥土将水分渐渐吸干，他会说："妈妈你看，丝瓜喝水了！”

她勉强笑着说："是啊，丝瓜现在没精神，是因为它渴了，等它喝饱了，就会根繁叶茂地结丝瓜了！"

儿子一脸憧憬地问："妈妈，是不是丝瓜活过来，我的病就好了？"

儿子的话天真无邪，却一语中的，令她触目惊心。她像被儿子窥破天机一般，突然变得有些慌张，忙把他的视线引开，让他看圆石旁的一个蚂蚁洞，那里面有蚂蚁进进出出，赶大集一般热闹。

她递给儿子一小把黄澄澄的小米，让他撒在蚂蚁洞边。

一个上午，娘俩就坐在阳光下的小凳子上看蚂蚁，看蚂蚁大部队用了整整一个上午，才把那些小米搬完。她对儿子说：看到没有，对蚂蚁来说，这是一项多么艰巨的工程，可是它们完成了，因为它们能坚持不懈，永不放弃！

儿子似懂非懂地听着，眼睛在草帽的暗影里幽幽发光。

她顺手给儿子摘下草帽，意外地发现：儿子原先苍白的小脸儿已经泛起了红润，这红润如此真实，让她惊喜不已。

更让她惊喜的是，在一个早晨，奇迹终于在这个小院里发生了：暖暖的春风里，丝瓜的叶子全都展开了，犹如一只只饱满的小手，伸向太阳，像是要拼力采住几缕鲜嫩的阳光。辛勤地浇灌，终于让瓜秧在泥土里扎下了根，生出了精气神儿！

这来之不易的绿色，点亮了儿子的眼睛，他拍着小手，欢呼雀跃着："丝瓜醒来了，妈妈，丝瓜醒来了！"

她一直悬浮着的心终于落下来了，稳稳地落回了胸膛里，她知道自己的心，从此像这棵丝瓜一样有根了，任世间风吹雨打，再也没什么能动摇它！

　　她噙泪将儿子搂在怀里，对着他的眼睛说："妈妈再不会放弃你，妈妈一定要你长成一个健康有用的人！"

　　儿子温驯地依偎在她的怀里，任妈妈握着他的小手，如同握着他今生今世的命运……

◀ 抓 阄

表哥是个音乐教师，年轻时玉树临风，把一支竹笛吹得风流婉转。他生来就是一头卷发，不用烫就拥有古镇理发店烫不出的时尚，用镇上的方言说，那是奇洋气。

所以，表哥除了吹拉弹唱的才情外，中西合璧的外形也是一大亮点，每当他双手插在裤兜里走过古镇的石板街，一头卷发被风吹得像沸沸扬扬的蒲公英，百货商店、邮局、书店甚至医院里都会有人抻出头来探看，那阵势，不亚于现在的一线明星。

不用说，表哥是很多姑娘的梦中情人。这样帅这样拽的一个小伙子，该有怎样的姑娘才能配得上呢？这个话题以及各种预测，长期占据着小镇茶余饭后的花边头条。

可是，令所有人大跌眼镜的是，表哥挑花的捡绿的，到最后却挑了个貌相一般、人高马大，甚至有些性情粗犷的姑娘，和他的艺术气质完全不搭边儿，显得特别不协调。

那些暗恋表哥的姑娘们，大概想破了脑壳也想不明白，表哥为什么不选择如花似玉的她们，而是选择了这样一个人呢？

表哥当了爷爷时，我由北京回到故乡，同表哥聊起这个疑问，表哥没有正面回答，而是说，你表嫂是个奇人呢。

为了证明老婆的"奇"，表哥讲了这样一件事：

农村开始实行土地承包到户的那年冬天，生产队里的资产陆续都分了，就剩下了最最重要的一件事：分饲养场的那些牛。

这天下午，村里在场院里分牛，几乎所有的老老少少都来了，吵吵嚷嚷的，奇热闹。那场面与现在的抓彩票相比，有过之而无不及。

所有的牛中，有一头体态健美、双眸明亮的小母牛，一岁多，一看将来就是既能干活又能生崽的好手，人见人爱。几乎村里所有人都对它情有独钟，无论是车把式老莫愁，还是留着大分头的叛逆小青年"烧包蛋"，一个个都摩拳擦掌，一副势在必得的架势。

要知道，在那个年代，谁家有头好牛，就好比有一辆奥迪或者奔驰，绝对的豪门顶配。耕地运肥，赶集拉磨，哪里能少得了一头憨厚能干任劳任怨的牛呢！

可是，小母牛只有一头，就是将它大卸八块也不够分的啊，这可咋办呢？村长抽着旱烟，将披散在额头的乱发往后一扒拉，就有了主意。

"咱就通过抓阄来确定小母牛主家吧，谁抓到了谁牵走，全靠运气，也省得你们抱怨我这个村长不能一碗水端平！"

村长的决定，得到了百分百的认可，大家差点就要举起双手双脚来表示欢迎了。人人都自我感觉良好，觉得自己会成为那个运气好的人。

会计老窦从耳朵上取下铅笔，一板一眼地做好了阄，然后站起来大声宣布："老少爷们，咱这次的规矩，谁抓着1号就是小母牛，看谁运气好，能把这牛姑娘领回家哈！"

气氛立刻沸腾了，大家争先恐后地涌到那张破桌子前抓阄，这个被挤掉了鞋，那个被搡掉了裤子，还有几个奶娃被挤得哇哇哭，鼻涕流得过了河，那场面比赶大集还热闹。

直到阄快抓完了，那头小母牛还没出来。抓过的人大失所望，没抓的人胜券在握，跃跃欲试，等那张桌子前人变得稀稀落落了，刚坐完月子的表嫂才将孩子往表哥怀里一塞，不慌不忙地走向前去，从人的缝隙里伸过大手，很随意地一抓，摊开手，竟然是一号！

表嫂咧开大嘴笑了："小母牛是俺的了！"

"嗷"一声，全场顿时炸了锅，捶胸顿足的、一脸不服的、羡慕嫉妒恨的……

不知谁突然爆发了这么一句："嘿，凭什么这新媳妇抓了牛？这次不算，重抓！"

他这一喊可了不得，"烧包蛋"最先响应，接着全场附和声四起。

"对，不算！"

"重抓"！

村长四顾了一下，发现99%的人同意这个提议。因为，重抓又会给99%的人重新带来希望和机会。

村长一拍脑壳，同意了，也不管表嫂是否有意见。只要少数服从多数，这头牛就没人能牵走。这次，村长独出心裁，将代表牛的数字从"1"改成了"0"。

零就是有，零就是小母牛。一切从零开始，村长真有创意。

零就零，对表嫂来说它是几都无所谓，反正自己也没奢望抓着那头牛。那么多命好的、急得眼里冒火的，都想得到那头小母牛，怎么可能就自己这个小媳妇得着呢？

再说啦，自己割麦扬场的样样在行，比牛还壮实，有牛没牛的又怎样呢？

表嫂心态好，而且超级自信。

因此，表嫂没吵没闹，也没对村长这不公平的行为提出任何质疑，就泰然自若地用她那双烧火锄地抱孩子的粗糙大手，漫不经心地重抓了一次，然后在大庭广众之下，朝着村长和会计摊开了手。

是"0"，众人瞎眼了，表嫂又抓到了那头牛！

不用说，吵闹和不满在片刻的沉默后，又重演了一次。这次，连村长都有些不好意思了，他没敢看表嫂的眼睛，挠了挠乱蓬蓬的头发，低着头又做了个决定。

"从零号开始，依次重抓。"这次，抓阄的规矩又变了：在阄上直接写上了"小母牛"，仅此一个，其他的皆是"0"。

既然是从零开始，表嫂也就没再客气，第一个先抓，干脆利落。

你猜怎么着？

神奇的一幕又出现了，表嫂手心里霍然写着"小母牛"！

这下可好，一锤定音，切断了所有后路。事不过三，众人这次也无话可说了，一个个像泄了气的皮球，像毒日头下晒蔫了的庄稼。

表嫂走向牛圈，一手牵着那头小母牛，一手挽着抱孩子的表哥，一家三口——不，四口，乐呵呵地回家了。

表哥讲完这个故事，一脸的自豪。看得出，他自豪的不是妻子抓到了那头牛，而是抓到牛的妻子。他说，这件事是南山顶上滚碾子——实打实的，毫不夸张更无半点虚构。

我说："表嫂真是个福星啊。"

表哥喜滋滋地说："可不是嘛！你表嫂她虽然长得一般，也没啥文化，但她生性豁达，最主要是运气好啊，你表哥我如今的好运，都是她给带来的呢，嘿嘿嘿。"

最后，表哥总结说："像你表嫂这样的人不多，所以我这就像抓阄，抓到了就绝不能再放过。别人再好，不是我的菜啊！"

第五辑

沧海变桑田

◀ 永不能抵达的旅行

河边的白杨林，金黄的叶子落了一地。

小村姑被露水打湿的格子褂，已经在捆好的柴禾上晾干了。她倚着柴禾坐着，翘首遥望着蜿蜒的山间小路。

你还是没有来。她已经等了你整整一天了。

她有着黑红的圆脸蛋儿，极淳朴喜庆的笑容，笑起来时有两只小酒窝儿，很好看。那时，脸上有酒窝的姑娘特别多，仿佛生活也特别甜。可惜，你给她起的外号不好听，叫老赖，又土又赖。

其实，她只是赖着你，不赖别人。

你是下乡的知青，刚从京城来到这个系着羊肚子手巾的塞北山村时，就住在老赖家的窑洞里，一共四个小伙子，年龄从十五岁排到了十八岁，你居中；晚上，都睡在老赖家烧得滚烫的大炕上，炕很宽敞，可以打滚。炕洞里的木柴呼呼烧着，烧得四个年轻人躁动不安，在热炕上翻来滚去，如被煎着的鱼。你靠边，贴着墙，捧着一本书在读，努力使自己安静下来。

房东家有三个女儿，都健康壮实，身材丰满，也显得比同龄人成熟。最小的老赖，也最可爱，她穿着那时流行的方格布褂子，扎着两条神气的小辫子，喜眉笑眼的，见了谁都笑，仿佛心里有释放不完的善意。

有一次下工后，你低着头扛着铁锹在小巷里走，差点与老赖撞到一起，一抬头，四目相对，心里就有了彼此。从此后，老赖就赖上你了。

在井台上打水时，老赖正蹲在旁边洗衣裳，让你为她打一桶水，你将水往盆里倒时，水花四溅，打湿了她身上的格子褂，她气急败坏地拧了一把你的胳膊，吓得你差点摔到井里去。

事后，你却常常回味着被拧的那一把，那火辣辣的令人销魂的一把，你真希望再被老赖拧那么一次。尤其是躺在热炕上被烙得热气腾腾的时候，你多么渴望她出现在身边，哪怕不拧你，哪怕仅仅用她那小辣椒样的嘴巴骂你一声，或者用蜜蜂样的目光蜇你一次，那甜蜜也足够你回味整个冬天。

有一次，比想象更甜蜜的事情差点就要实现了。那天，你肚子疼，没有上工，躺在炕上呻吟。老赖过来给你送地瓜小米粥，你喝了，肚子顿时热乎了起来。老赖笑了，如释重负，她拿了花瓷碗要走时，你抓住了她的小胖手。仿佛心有灵犀，老赖的脸朝你俯了下来。这个看上去无忧无虑的小村姑，其实什么都明白。

就在你俩快要抱到一起的时候，背着小药箱的赤脚医生来了。小村姑两腮绯红，抓起碗跑了出去。

随后，便再也没有制造甜蜜的机会了，因为村里怕亏待了你们这些京城来的知识青年，特地腾出了村委会的一间砖房，让你们搬过去。村里人淳朴地认为，砖房比窑洞"高级"，却不知道，搬到砖房后的四个小伙子，每夜都要翻来覆去地烙饼，失眠……

夕阳西下了，满眼失望的小村姑，背起柴禾要走了。再等下去，天就黑了，她不敢一个人走夜路。

而十八岁的你，还健步走在赶来的山路上，哼着歌，牙齿洁白，笑容灿烂，小眼睛笑得眯起来。你腰里揣着一本英语书，一把砍柴的镰刀，神气活现的身影荡漾在河水里。你肚里有墨水，有想法，自视甚高，常有些天外来物般的想法。你生来就不是个安分的家伙，只是生不逢时，暂时折腾不出啥动静来。

不过，你并不悲观，你心里有梦，有远方，还有挥洒不尽的热情与浪漫。所以，你天天笑口常开。而圆脸蛋的小村姑，则是你心口源源不断的蜜。所以，在这里的生活，你并不感到苦。

可惜，你还是晚了一步，你来时，小村姑的身影已经消失在山路尽头了，她等不及了。你们，前后只差了那么一步。

就这样，在这个塞北山村，一晃几年过去了。后来，你在那里当了老师；再后来便考上大学，回到了北京。

二十几年后，你终于回到那个系着羊肚子手巾的山村，与村姑老赖重逢了。那条你曾经和伙伴们摸鱼打水的河，已经快干了，成了羊肠子般细细的一条，它曾经那么丰盈，那么清澈妩媚。

你身边前呼后拥，老赖身后一群高高低低的儿女。你已经是一位蜚声海内外的专家了，西装革履，满脸严肃；而她，依然是那位没文化的村姑——不，村妇，只是身材变胖，脸色更黑，曾经甜蜜的笑容有了些苦涩。

你已经有了眼袋，她也不再年轻，当年的两只酒窝变成两道

无
法
抵
达
的
旅
程

深沟，里面填满了岁月，脸上手上都是劳作的痕迹。与她的手相握时，你的心被那些厚厚的茧子硌得生疼生疼，而刹那间的羞涩，使她瞬间回到了当年，恢复了青春。

你又仿佛看见那个拿着花瓷碗、满脸绯红匆匆跑掉的小村姑了。

在众目睽睽之下，那盘烧得滚烫的大炕前面，你们相拥了，不由自主。你们已经到了不用忌讳任何人、任何事、任何目光的年龄，周围的人对此也已经不会再有想法，只当是老友相见的礼节。

只有你俩在心里感慨，一个本该二十年前就有的拥抱，你二十年后才给，她二十年后才得到。

这次回京后，你常常拿出小村姑的照片瞅啊瞅，无限伤感。她的照片一直压在箱底，用塑料袋包着，泛了黄，却依旧散发着年轻的芬芳，两条小辫子翘翘的，上面缀着几朵小花。

你把这一切毫无保留地告诉了丫头。"丫头"是你带的最年轻的研究生，这个世上最懂你的忘年交，"丫头"是你对她的昵称。她的年纪，比当年的小村姑大不了多少，也一样的淳朴天真。

你说，你时常想那个地方，那个扎着羊肚子手巾的山村，想得不行。

丫头听了，果断地要陪你去。她说：这还不简单嘛，距离不是问题，再说，也就是几小时的路程。我陪你，你走到哪儿，我跟到哪儿！

你说：好，丫头，我带你去我当年打柴的山，我当年住过的窑洞，还要带你去看我当年教过的娃，他们都长大了，当了村长、书记，开起了饭馆，当了大老板……

丫头说：好，择好日子咱就走！

你说：好，一定！

丫头说：来，拉钩！

你说：好，拉勾就拉勾！

然后，丫头就一直在等，等你安排好就启程。

你也一直在等，等时间，等机会。你是位名人，一举一动都有人盯着，一言一行都会上新闻上电视，你要抽身，难于上青天……

十年过去了，你的眼睛已经花了，不得不戴上了老花镜，而丫头也已经小有名气，虽然名气还没大到像你那样失去自由的程度。这十年间，你想过无数的方案，却一直无法动身，家里那位疑神疑鬼的老伴儿，已经风闻了你跟小村姑的故事，她严防死守，不再给你第二次机会。

又一个十年过去，你的背开始驼了，头顶掉得露出了茶壶盖大的一片。你退了休，也基本从名利场退下来，恢复了自由，你下决心要带丫头回去看那个山村，那个村姑。可是，老伴却病倒住进了医院。

打开电视，是丫头在那里侃侃而谈，意气风发，风采迷人，一如当初的你。

无法抵达的旅程

又过去多少年了？你扳着指头数啊数啊，却总也数不明白，只好捧着村姑的相片发呆，喃喃自语。老伴儿没了，没人管你了。你所剩不多的头发全白了，风一刮就狂飞乱舞，眼神浑浊得像那只半年没刷的鱼缸。

儿子悄悄地对老婆说：不妙，老爸有老年痴呆的迹象！

丫头来看你，穿着时尚得体的套装，妆容精致，染过的头发露出白白的发根，几条不易察觉的皱纹蠕动在眼角。她的腿前段时间摔伤了，走路一瘸一拐。她从你手里拿过那张村姑的照片，瞅着，苦涩一笑，说：我都老了，她还年轻。

丫头明白：这用尽一生憧憬也不能成行的旅行，到此便画上句号了，永远不能再启程，也永远不可能再抵达。一阵风吹来，小村姑的照片便随风飞走了，只留下你呆滞的眼睛和张大的嘴巴。

在那个你曾经青春过的小山村里，年迈的村姑得了胃癌。在离开这个世界之前，她含混地对儿女们说：他说过……要来看我的，他说……他时常想念这里，想得不行……

◀ 哑　娘
....

　　她的名字叫小讨，她娘的名字叫老讨。娘俩都是哑巴。

　　当年，这娘儿俩拖着要饭棍要到这个村时，就留下了。她们是哑巴，耳朵却不聋。谁也不知她们从哪里来的，名字叫什么。问她们，她们就一齐回头，朝着来路哇哇啊啊，比比画画。

　　村里人没有耐心去猜她们的谜语，闲聊时为了将娘儿俩区分开，就顺嘴给她们起了这么俩名字：老讨，小讨，听上去比叫老要饭的、小要饭的顺耳些，也比直接叫老哑巴、小哑巴文明些。

　　那年，老讨被人撮合着嫁给了一个老光棍；过了些年，小讨也被人撮合着嫁了一个小光棍，生下了水库。

　　水库五岁那年，他爹便死了。他还不懂得伤悲，只顾着吃爹留下的半瓶水果罐头，吃得啧啧有声。众人也觉得孩子还小，不懂事，没责怪他。

　　就这样，水库站在爹的棺材旁，当着众人的面，"吸溜吸溜"将罐头舔了个一干二净。完了还巴咂巴咂嘴，让舌头绕着嘴唇舔了一圈，一副意犹未尽的样子。

　　男人没了，日子还是得过下去。就像那半瓶罐头，死人没有

无法抵达的旅程

吃完的，活着的还得接着吃下去。生活的重担全压到了小讨的身上，她一根扁担挑两头，一头挑着田地，一头挑着家，累死累活的，转眼几年就过去了。

水库长了岁数却没有长个子，小小的身子托着个大大的头，眼也没精神，白眼珠子多黑眼珠子少，轻易不转动一下，十天半月地偶尔说上一句话，勉强证明他不是和他娘他姥娘一样的哑巴。

水库天天一副懒洋洋的样子，眼角粘着眼屎，老是没睡醒似的，见了好吃的眼里才放光，三口并作两口，生吞活剥地就进了肚子，跟抢似的。他平常呆若木鸡，吃起东西来却从不迟钝。她娘将好吃的全给了他吃，自己不舍得吃一口。

水库话少，心眼儿却不少，小小年纪，眼睛里就透着阴沉。村里人背后剁着他的脑壳，说这孩子不长个儿，都是让心眼儿给坠的，若是好心眼儿也罢，若是坏心眼儿，他那有苦说不出的哑巴娘将来可要倒霉了！

乡下活儿多，孩子上学晚，锨镢扫帚搂场耙，哪个孩子上学前没摸过？水库就没摸过，他的哑娘不舍得他干活，自己把所有的活儿都承担下来了。

这天，小讨下坡割麦，水库百无聊赖，提着弹弓到村头的槐树林里射了只麻雀，不顾它声声的哀鸣，将它的毛全部撸光，弄成了一个肉蛋龟儿，又用铁丝勒着它的小细腿儿，生生地把它折磨死了，才用柴禾将麻雀烤了，津津有味地吃起来。

小讨下地回来刚好经过，刚喊了声"水库"，就累得晕倒在地，水库眼皮也没抬，直到将那只麻雀吃完，才慢吞吞地去将姥娘老讨喊了来。

眨眼水库就八岁了，高高瘦瘦的，好像不会笑，也不会哭，村里人都私下里议论说这孩子一副哑巴的模样，尽管会说话。

这年夏天，老讨背着新蒸的馍馍来看闺女，看见水库正向哑女讨要五分钱一支的冰棒，哑女没钱给他买，水库就用一个纳鞋底的锥子一下一下地扎她娘的腿，好像扎一块木头，扎得血滋滋的。哑女疼得满头大汗，却不舍得打儿子一巴掌，只是哀哀叫着，用手护着自己的腿。

老讨气得摸起一根扁担就要打水库，却被女儿拉住了。她愤怒地用手势告诉她娘：水库是我的儿，你甭管闲事。无论他打我骂我，我都乐意！

气得老讨背起馍馍回家了。

水库上学的时候，为了挣钱给水库交学费，小讨去了城里给人家做保姆。主家看她年轻能干，长得也不差，就想给她介绍一位死了老伴的工人，但小讨怕人家会亏待儿子，就把头摇了又摇。

主家也只好作罢。

水库上初中时，在学校里用砖头把同学的脑袋开了瓢，打成了脑震荡，闯了大祸。小讨接到学校的电话，就辞了职，打了包袱匆匆忙忙赶回去，家门没进就先进了校门，去找校长求情。

校长对着小讨指手画脚，掰着指头历数水库的种种劣行，小讨以手捂胸，眨巴着眼睛，紧张得喘不过气来，不知怎样才能替儿子减轻一些罪过。

最后，她拼命地朝校长鞠起躬来，祈求校长不要开除水库。

但校长说他已经铁了心，不可能再要水库这种害群之马了，说罢对着小讨厌烦地挥着手：走走走，跟哑巴没法讲道理！

小讨回到家，又对着水库点头哈腰，泪水涟涟，祈求他的原谅。她认为如果不是自己无能，校长就不会开除自己的儿子。

听说小讨回来了，孩子被打成脑震荡的那家人不依不饶，孩子娘抱着儿子被血染红的褂子在小讨门前撒泼打滚，哭得死去活来。小讨不知所措，和老讨一起跪下来，一遍遍地磕头，娘俩都将头都磕破了，人家才算罢了休。

但人原谅了，钱不能原谅。

结果，小讨好歹积攒的一点钱还不够儿子惹祸的赔偿。她本来是想回家再不回去了，全心全意地照顾叛逆的儿子，没想到自己没那个命，注定要与儿子分开，却为别人服务去。

小讨只好再次打包回省城。老讨不想让女儿再去做保姆了，踮着小脚在后面追，没追上，一屁股坐到地上，用拐棍一下下捣着地面，哇哇大哭起来……

一年年过去，小讨终于还上了水库闯祸的钱，又攒够了给水库盖大屋的钱、结婚的钱，就辞了工，高高兴兴从省城回来了，她以为，她给人家当了半辈子保姆，到此时任务算是完成了。

儿子结婚时，婚礼举办得很隆重，小讨也第一次将腰杆挺直了。村里人都送来了礼，许多常年不走动的亲戚也来看喜，小讨端坐着，接受儿子和儿媳的跪拜，欢喜得眼泪都流出来了，活到五十多，这场热闹的婚礼真是给她挣足了面子。

村里人都夸赞她比那些会说话的人还有福，小讨听了乐得嘴巴都合不上了。

可是，媳妇刚过门没几天，就嗑着瓜子对小讨说："你回来也这么些天了，咋还不回去？"

水库也说："是啊，你才五十多岁，难道还要我养着你吗？"

小讨呆住了，用手比画着说，我年岁大了，身子骨儿一日不如一日，人家也不拿我当人待，我最大的盼望就是死在自家的炕头上，我生怕死在异乡呀！

水库说："死？你才多大年纪就死，还早着呢！"

小讨比画着说：她还想在家等着抱孙子呢！

儿媳妇嫌弃地从鼻子里哼了一声，说："不用，我儿子不需要保姆！"

小讨呆了呆，脸上仿佛打雷似的闪了一闪，就变得惨白了。她比画着说：水库啊，你现在家也成了，业也立了，大屋也住上了，日子过得滋滋润润的，还用娘我出去伺候人吗？难不成这家就多了我一个吗？天上飞着的鸟儿，除了无能的燕子，谁愿意寄人篱下？

水库听烦了，用手拍打着桌子，他脸上那道斜着的疤，像条蜈蚣似的跳了跳，仿佛要跳下来咬他娘两口。

小讨转过头去，祈求地望着儿媳，希望她能替自己向儿子求情，儿媳及时地将头扭过去，小讨彻底地绝望了。

小讨在自己出钱盖的大屋里昏睡了两天两夜，第三天一早就爬了起来，将头梳得板板正正，收拾了几件旧衣服装进包袱，挎着蹒跚地走出了家门。

无法抵达的旅程

走过娘的门前时，小讨停住了。这一去，不知是生离还是死别？娘正好出来拿草，一手拄着拐棍，一手抖抖索索地抓着个簸箕。都已经白了头的娘俩儿呆呆对望着，半天都才流下泪来。

这次，老讨没有去追女儿，她已经追不动了。不久后，老讨去另一个世界"讨"去了。

水库的儿子鸿运两岁时，邮递员送来一封信，是小讨托人写的，说她年纪大了，已经做不了保姆了，她背着攒的钱想回家，钱却被小偷偷走了，只好流落街头。她又老又病，眼也花了，背也驼了，怕是活不了几天了，她不想死在异地他乡，希望儿子能将她接回来，死在自家的炕头上。

水库媳妇看完这封信，不动声色地放在灶底烧了。

几年后，水库得了个急病，还没等送到医院就死了，死前断断续续地说："也不知道娘……是生是死，报应啊……鸿运，要是你奶奶还活着，别忘了，把她接回家……"

水库说完，就咽了气。

◀ 老厉害

老厉害活了一百多岁，至今还被小镇上的人津津乐道。

老厉害八十九岁时，还到乡镇小旅店寻乐子，被逮住了，从而成为他人生中又一个"老厉害"了的点，为他那神乎其神的传奇又增添了一笔，只不过是马尾栓豆腐——提不得的一笔，至今仍令人众说纷纭的一笔。

老厉害之所以被人称为"老厉害"，源于他年轻时候那些老厉害了的事。他不是后来才厉害的，他是从小就厉害。

要说老厉害出身也苦，三岁没了娘，四岁没了爹，全靠拖着根棍子到处乞讨吃百家饭长大。用他自己的话说，啥没吃过啊？蚯蚓蛤蟆，长虫蚂蟥，人不吃的他都吃过，更甭提人都吃过的树皮草根、野草野菜了——那年头，这还是好的呢，不是人人都能吃上的，有了这点吃的，人就不至于饿死。

靠着这饥一顿饱一顿的日子，他愣是长成了一个又粗又壮的汉子，身高足足有一米九，在那个年代可以说鹤立鸡群，方圆百里找不出这样的巨人。

所以，老年的老厉害总是用得意的口气说：呔！现在的人总是要讲营养，总觉得吃山珍海味就能长成运动员，都是让好日子烧的！他们没经过事，不知道人要三分饿，饿极了才能长成俺这样的壮汉哩！

也许，正是因为这种猪狗不如摔打出来的生活，让老厉害野蛮生长，拥有了顽强的生命力。在这与世纪同寿的一生中，他遇到过无数次凶险的事，可是次次都能死里逃生，堪称神奇。

年轻时，他和半个村的人都被日本人的机枪给"突突"了，但他愣是从死人堆里又爬了出来，继续顽强地活了下来。

据老厉害自己说，那次还不算惊险，最惊险的是，他和民工们一起为前线的部队运送粮食，半路被日本人截了胡。截胡就截胡呗，人也不放过，一个个地用刺刀扎，还怕扎不死，反复地扎，跟扎草人似的。

难道咱中国人在这些小鬼子眼里连条狗都不如吗？老厉害的牙齿咬得咯嘣响，眼睛要是有根火柴一点的话，能把远处的草垛给烧着了。

老厉害那时正血气方刚的年纪，自然不会等死，就憋着一股劲儿反抗，先把一个鬼子的刺刀夺过来，反手一扎，就把这小矮子给扎穿了胸膛，血咕咕地往外冒，死得那个难看！

不是传说这些强盗刀枪不入吗？原来这么不经打。老厉害顿时信心百倍，又去扎别的鬼子，大胳膊一扬一挥间，又顺利地扎死了三个，自己的身上脸上也被溅得到处都是血，把几个一起的民工吓得哆里哆嗦，有一个还尿了裤子。

这些怂货，真是给咱中国人丢脸！

老厉害把脸一抹，正准备扎第五个，结果没等他扎下去，剩下的十来个鬼子便望风而逃了，一个个鬼哭狼嚎的，活像大白天见了鬼。

老厉害以一当十，一战成名，还带着民工们顺利地将粮食送到了前线。部队的长官欣赏他的勇猛，拍拍他结实的肩膀，不由分说地留下他当了兵。

老厉害觉得当兵也不糙，有鬼子可以杀，仇可以报，最重要的是，再也不用像以前那样饿一顿饱一顿了。部队的伙食虽然也不好，但一顿几个窝窝头是能管够的。

老厉害一个人能吃五个人的，但大家都没意见。因为虽然他吃的多，但他干得也多，挖战壕扛武器都不在话下，行军时，他一人能背八个人的行李，还能健步如飞，比老乡家养的驴驮得都多。

这样的兵，哪个不喜欢呢？老厉害就是个神奇和力量的化身。不但长官欣赏他，战友们也个个朝他伸大拇指，就差把他当大神供着了。

这一段当兵岁月，也成了老厉害以后吹牛的资本了。

一次次的枪林弹雨，老厉害要好的兄弟们一个个都成了炮灰，变了野草，唯有他还活得好好的，怎么打都打不死，老厉害了。

缔造老厉害传奇的事，可远不止这几桩。

那一次，老厉害所在的连队死伤惨重，老厉害也只剩了一口气，他躺在地上，眼看着兄弟们横七竖八地躺了一地，鲜血把黄土染成了红土，他的眼睛里有东西一个劲地往外涌。也不知是流的泪，还是流的血。

那些该死的日本人太损了，人都被他们杀光了，还要清场。从死人堆里翻出还剩一口气的，反反复复用刀扎，死不透不罢休；死了的，也要再补上几刀，以免有漏网之鱼。

老厉害自然不能幸免。听见日本人围拢过来的脚步声，他就艰难地把自己的身子从战友身下挪了出来，主动晾在日本人的眼皮底下——他不想让兄弟当掩护，不忍心兄弟死了还要被强盗扎成筛子，连个囫囵尸首也得不到。

老厉害趴在尸体堆的姿势已经跟个死人无异了，鬼子也不确定他到底死了没有，却还是往他的身上卖力地扎了又扎，跟扎个死蛤蟆似的。那个痛用语言已经没法形容了，但凡是个活人，谁能受得了这样反复的补刀呢？但是老厉害还是扛住了。

事后有人问老厉害怎么扛住的，他说：嗨，有啥扛不住的，就当自己是个死人了呗。死人哪有会动的？哪有会喊的？

老厉害真不是一般人，对于疼痛有超强的忍耐力。

老厉害还有件老厉害了的事，有次夜行军，前有伏击，后有追兵，头顶有飞机，兄弟们黑灯瞎火慌里慌张的，不知怎么就误入了一片砍伐过的竹林。老厉害一脚踩下去，脚掌连同靴子就被尖利的竹茬给扎穿了！

怎么办？疼现在都不重要了，重要的是，稍一耽搁可能就是个死，追兵的子弹不长眼睛。于是，老厉害双手抱着自己的腿，活生生地把脚从竹茬上拔了出来！

接着就开始一瘸一拐地逃命，疼痛和求生的欲望驱使着他玩命地跑、跑、跑，天塌下来也要跑！终于跑到了一户农家的柴禾堆里，心想这下有躲藏的地方了，安全了，一头栽倒在地不省人事了！

柴禾堆果真救了老厉害一命。第二天，他就被柴禾堆的主人救回了家，靠着草药和粗茶淡饭，他被扎透的脚掌竟然渐渐愈合了。

此后，他就顺理成章地做了逃兵，而他的长官和兄弟们，死的死，伤的伤，剩下的残兵败将们后来便去了小岛。

在给救命恩人干了两年的农活后，老厉害就回到了故乡。一路上没钱坐火车，靠着他自小的看家本事一路乞讨回到了家，尽管已经蓬头垢面地没了个人样，但乡亲们一看他那个大个子、那双大脚就认出了他。

以后的生活，无论过得怎样苦老厉害都甘之如饴，哪怕一辈子没娶上个媳妇，他也没觉得遗憾。对他来说，只要活着就够本了，还奢求个啥呢？光那段经历就够他吹一辈子的了。

老厉害活到七八十岁的时候，耳不聋眼不花，一顿能吃四个馒头，走路将地踩得咚咚响，可是令他黯然神伤的是，认识的同龄人已剩下没几个了，能津津有味地倾听他光荣历史的人也不多了。年轻人不相信老厉害那么厉害，每当他吹胡子瞪眼地讲述时，他们总是嗤之以鼻。

后来，就发生了那件八十九岁还到小旅店里寻开心的事，把帽子叔叔都惊着了，一时传为奇闻。不过，帽子叔叔也没有难为这老人家，带到所里问了两句便客客气气地将他放了出来。

无法抵达的旅程

有人说，那是帽子叔叔怕他这把年纪了，一不小心在里面嘎了，所以赶紧将他放了。

　　但也有人说，老厉害其实是为了找存在感，故意制造话题的，他只是想用独出心裁的方式证明他的存在、他的厉害而已，因为据旅店里那个姑娘说，那天晚上，老厉害先给了她二十块钱，然后让她陪着喝着茶、嗑着瓜子，听他吹了一晚上的牛皮！

◀ 朝天吼

　　"朝天吼"是我村大傻的外号，据说他生后十天仍不睁眼，他娘着了慌，就用手去掰，结果他长大后就成了这么副斜眼歪嘴、昂头向天的愤怒相儿。

　　成年后的大傻走在小村凹凸不平的土街上，缩脖抄手，腰扎绳子头儿，鼻下悬两挂摇摇欲坠的清鼻涕，一副畏畏缩缩的冻死鬼相，那头却不屈不挠地向天昂着，连吐口唾沫都费劲儿。

　　大傻的屁股后总跟着群苍蝇似的看客，挨黑石头的事儿常有，也只有自认倒霉的份儿，脱生这么副贱相，连狗见了都忍不住要惊奇地汪几声哩！那年头乡下难得有个"景儿"，所以在寂寞荒凉的渠河两岸，大傻也算是个妇孺皆知的"丑星"了。

　　只可惜"丑星"不能挣工分糊口，因而肚子总是瘪的。

　　村里人说，大傻娘曾为他置办过一副挑子，想让他当货郎挣俩钱，了却他"自养自"的愿望。大傻也就真的忸忸怩怩地实践了一回。娘领他出庄，指着前面的路比画了几下，就狠狠心回去了。

　　娘的身影一远，大傻就茫然无措起来，横挑副担子待在土路上，仰着的路上满是苦相，那造型十分滑稽丑陋。后面"嗒嗒嗒"

上来辆马车，拖一溜儿飞尘走叶，赶车的也缺德，顺手甩一响鞭，大傻的破棉袄旋即就开了黑花儿……

不用说，大傻的这次实践以失败告终，此后他不但见了马车就慌忙抱头招架，连村子也不敢踏出半步了。

队里的破钟敲组长的哨子脆，秋收完了，得外出挖河修渠了，那时候这种轰轰烈烈的场面经常见到，一到冬天就格外繁忙，半拉子大傻也有幸加入了这支劳动大军的行列。

大傻的任务是拉小推车，人家在后面肩搭着襻儿推，他在前面拽着绳子拉，无奈他心有余而力不足，脚在地上走，眼却朝天使劲，两下里一闹别扭，就将车拉进了路边的河沟里。

于是大傻又被"报废"了，自养自的愿望再成泡影。

大傻又回到了老弱病残的行列。卫生室门前，懒洋洋的日头底下，残兵败将们捉虱子拿跳蚤，一派无所事事的混世景象。

有爷们取笑大傻："傻儿子，不想媳妇吗？"大傻不答，头愈发昂得高了，日头耀花了眼也不肯低下，逼急了便闷闷地回一句："该不、不是您想吧！"便有哗然一片笑声。

那爷们也不恼，点头、捻须，啧啧称道："好你个狗日的，还占你爹的便宜哩！"

赤脚医生小媛是个"高吊裤子洋袜子"的时髦货，听了这些粗话就将门"砰"地关了，很是伤了这帮闲汉们的自尊。

一日，工作组组长闪进了卫生室，猴精的闲汉们便不失时机地撺掇大傻进去讨"虫子糖"吃。

大傻不知深浅，用膀子将门一扛，一扭一歪地走了进去，如入无人之境，歪歪斜斜的眼睛却及时捉住了二人嘴对嘴"咬仗"的一幕。大傻也不回避，满屋子乱吸，道："好、好闻！新、新媳妇味儿！"把个青春年华的大姑娘小媛丢得无地自容。

后来，村里逮了些啥"分子"游街，大傻也在其列，是工作组组长的主意，说是为凑数儿，还给工分呢。大傻不分轻重，特地穿了娘给他缝的新夹袄，人家喊打他也喊打，神色十分庄重。

雨下起来，人都溜光了，大傻仍斗志昂扬，在没有观众的雨中甩着胳膊走正步、喊口号。

谁知这场玩家家似的游戏，却要了大傻那条不值钱的命！

被雨水浇透的大傻当晚就高烧不退，盖着三床被子仍筛糠般地抖、抖、抖。据说傻儿死时愈加丑陋不堪，只是头仍直挺挺地昂着，嘴巴大张，无声地控诉着那段荒唐的岁月……

无
法
抵
达
的
旅
程

◀ 红　荷

20 世纪 80 年代，渠道河滩有个叫海波的光棍汉率先在河边承包了一片鱼塘，养了红鲤，栽了荷花，在世外桃源般的寂静悠然里，好像有一种等待在静静燃烧。

海波成了村里最先富起来的人，用那时的话说叫万元户。可是，老大不小了，他也没有娶亲，也很少有人见他笑过，孩子们都有些怕这个"不会笑的人"。

夏天，朵朵红荷艳丽妖媚，清香四溢，令人想起一个与之同名的女子，触景生情的老人们说：要是日子早这么富足，红荷也不会远嫁他乡了。

红荷是村里的一个女子，我没有见过她，却听老人们反复地提起她。从他们那漏风的牙齿中透露的信息就会知道，那是一个很有个性的女子，可惜她的命运，却如同她的名字一样，凄美悲凉。

红荷的美丽曾将贫瘠的渠河滩照亮，再小的村子有了这么一个人，也就有了光彩，但在愚昧闭塞的小村里，并不是人人都以她为荣。在他们眼里，越是美的越是有毒的，甚至是有罪的，如娇艳惑人的罂粟，如雨后林中五彩缤纷的毒蘑菇。

村里白发白眉的老寿星捻着胡子说：嘿，这方薄薄的水土，从未育出过这么招眼的姑娘，似人似妖的，怕要克死人的！

说完，便将长烟袋往脚底下磕了磕，以示嫌弃，磕掉晦气。

善意的祝福往往只是遥远的梦想，不祥的预言却常常不幸言中。红荷上高中时，她相依为命的娘死了，她的命运也由此改写。

红荷成了生产队的一名新劳力，白天下地干活挣工分，夜里就在柴油灯下为弟妹们缝补破旧的衣裳，但不管多苦的日子，也没人听过她一声抱怨，一句后悔。

就像村里的老师说的，倔强的花朵，在怎样恶劣的环境中都会绽开，越风吹雨打越艳丽。

村人们渐渐喜欢上了红荷，尤其是老人们，说红荷这孩子虽然长得俊，却并不娇气，也不浮华，是咱泥土里长出来的孩子。

驻村的工作组组长老许是个南方人，村里人叫他"南蛮子"，他叫村里人"北侉子"，然后"南蛮子"和"北侉子"就哈哈一笑，都觉得这外号起得挺形象。

老许生得又矮又胖，两条细腿挺着个那年代罕见的大肚子，活像只饱餐后的麻雀，说话咬文嚼字的，像喝粥喝昏了头。每当红荷扛着锄头从他身边走过，他就下意识地吸溜几下鼻子，用他唱歌般的吴侬软语啧啧赞叹着："想不到在北方这等粗糙之地，也能育出如此秀女，且比我江南的更可餐可饮！"

村里的赤脚医生小媛嫁走了，卫生室里没人了，老许就推荐红荷去镇医院学习了一段时间，回来后接了小媛的班，干上了村里最时髦的工作。红荷也像小媛那样，天天背着个带红十字的小药箱走门串户。除了为人治些感冒腹泻之类的简单疾病，村里还安排给红荷一个特殊任务：为老许做饭。

红荷的卫生室与老许的宿舍相邻，所以这安排还算合情合理。

村里人暗地里打喳喳，说老许这个南蛮子的细肚子享不了北方的粗茶淡饭，吃个地瓜煎饼玉米饼子，他就解不出大便了，天天把脸憋得跟茄子似的，所以村里只能派人专门为他做白米饭或者稀粥。

每当红荷来做饭时，老许看她的眼神就有些异样。

红荷是个大姑娘了，风在她的双腮拂开两朵胭脂，笑靥里盛满如酒如蜜的幸福，火辣辣的目光看风，风也酥软；看水，水也起浪，而只要瞟老许一眼，他就如同挨了蜂蜇似的火烧火燎地不自在起来，那忸怩的样子让人忍不住想笑。

红荷背着药箱走街串巷，总有群小孩子围着她跑前跑后地喊顺口溜儿："高吊裤，洋袜子，一心想做新娘子！"红荷也不恼，逮个着"葫芦头"梆梆地敲几下，笑着说："再让你喊，再让你喊！"孩子们便龇着掉了门牙的嘴嬉笑着四散开了。

红荷暗恋着村里唯一的高中毕业生海波。他没爹没娘，命很不好，虽然能写会算，却没有能相配的工作，平时少言寡语，像个忧郁的外星人，没有几个人能走进他的心里去。

海波虽然瘦瘦高高跟个高粱杆似的，却不善干农活，做什么都笨手笨脚。有次他在青苔滑腻的井台上绞水，辘轳不听话地疯转起来，他束手无策，幸亏红荷眼明手快，一把替他把辘轳按住了。

红荷见海波穿着双露趾的鞋，脱下来倒沙子的时候，脚心满是血泡，心里"咯噔"一下。等海波挑着水晃悠悠地走远，红荷的眼泪就迸了出来。

三天后，红荷在井台边递给海波一双针脚细密的新布鞋。

老许托人向红荷求亲，遭拒，此后见了她眼神竟有几分哀怨。据说老许结过婚，但离了，自从他到村里来就一直单着，也怪可怜的。

不幸的是，这年红荷她爹在河滩炸石头时炸飞了一条腿、一只眼，只好在医院里按上了一只狗眼。都说狗眼看人低，老汉从按上了狗眼后愣是相不中海波了，反而把"南蛮子"老许当成了天上的救星。这也难怪：家贫、天灾人祸，总得有个靠山……

红荷最终成了老许的新娘。结婚后，红荷脸上的红润和眼里的光芒黯淡了很多，老许却变得神采飞扬起来，肚子也越来越大了，由两条细腿撑着，活像只要下蛋的老母鸡。

几年后，老许调回了南方，红荷也就随他离开了小村。

一年年过去，红荷成了遥远的传说，很多孩子甚至都没听说村里还曾有过这么一个人。

红荷的本家去了趟南方探亲，回来后蹲在海波的鱼塘边显摆说：红荷在那边好着呢，穿金戴银，享不尽的荣华富贵，但私下里却说：红荷其实并不幸福，老许虽说又升了官，却不是从前的老许了，吃喝嫖赌五毒俱全，将红荷像破抹布似的抛在一边不闻不问了，两人连个一男半女也没生下来，不知道这样同床异梦的日子红荷可怎么熬下去。

海波听后默默无言，几尾红鲤先后跃出水面也窥不透他的心事，只好把一圈圈的问号画满池塘……

这年荷花正艳时，河堤上来了个丰韵犹存的女人，逢人就打听海波的住处，后来她便成了鱼塘的女主人。

从此后，池塘里的荷花开得更艳了，不会笑的海波也会笑了……

◀ 替 头

父亲说他曾经有一个姑姑，叫紫苏，可惜在 17 岁的时候人就没了，不是在娘家没的，是出嫁后在她的婆家没的，死得很冤，婆家却不认账。

父亲说，我们家过去是大户人家，有田地，有铺子，有长工短工。那时候讲究门当户对，紫苏在媒妁之言、父母之命的陈规蹈矩安排下，15 岁就嫁给了一户大户人家。

殊不知，这桩"门当户对"的婚姻却将她送进了火坑。

紫苏的婆婆是远近闻名的厉害角色，一对三角眼配着一脸麻子，看着就瘆人。紫苏说是去给这家当媳妇儿，还不如说是做丫鬟，并且是任打任骂还吃不饱穿不暖的丫鬟，天天干不完的活儿，赔不完的不是。

每天天不亮，紫苏就要抱着一大盆豆子到磨坊里去磨，磨完豆子还要做豆腐，或者摊煎饼。她面对着一盘巨大的鏊子，用满是豆窝的手，在黑黢黢的鏊子上把玉米糊糊摊开圆圆的一圈儿，鏊子"吱"一声冒出热气，不一会儿，一张煎饼便摊成了。

这些粗活儿她在娘家时是用不着做的，既然嫁了人，就由不得她了。

紫苏的丈夫人很老实，对她也还好，却没有本事保护她，因为成亲不久后，他就突然病倒了，天天躺在床上半死不活的，啥活儿也干不了。

紫苏每次回娘家都要带着一个包袱，每天不停地绣花，连句话都顾不得跟家里人说，手经常被针扎得冒血珠儿，往往快回婆家了，活儿才干完。这都是麻脸婆算好的，算得真准。

老爷爷老奶奶就这么一个老姑娘，心疼她，却又无可奈何，只能认命。那时的人不懂得"我命由我不由天"，更不懂得反抗。要是让两位老人再选择一次，估计他们还是会将女儿送进火坑去。

苦点累点也就罢了，还要挨打。紫苏自尊心强，不肯跟娘家人说，有一次家人去看她时，见她正挽着袖子赤着脚在场里翻麦子，胳膊上腿上全是伤，不是用针锥扎的，就是用烟袋锅烫的。

这时，家人们才知道，在婆婆家，无论谁犯了错（包括丫鬟和长工），麻脸婆都要怪罪到紫苏的头上，拿她当出气筒。她永远有做不完的活儿，挨不完的打骂，这样的日子好像永无尽头。

可能是老天爷也看不下去了吧，替紫苏做了一个了结。

这天一大早，紫苏又照例抱着一大盆豆子到磨房里推磨，她又困又累，睡眼蒙眬，一不小心，盛豆子的瓷盆就掉在地上摔碎了！她吓得愣怔了半天，才喃喃地说："反正也活不成了……"

紫苏喝了一碗斩豆腐的卤水，等她被人发现时，身体已经像石头一样硬了。

我家的人闻听消息，悲愤难耐，浩浩荡荡赶去要为紫苏讨个公道，却发现恶婆婆早已找好了持枪的保安队，一个个膀大腰圆，虎视眈眈，一副要火拼的架势。

麻脸婆坐在太师椅上，跷着二郎腿，卜哑卜哑地抽着大烟袋说："怎么着，还兴师问罪来了？我又没打她没骂她，她自己寻无常死的，碍得着我老太婆啥事？再说啦，她打碎我家一个盆，赔上自己一条命，不应该吗？"

我爷爷气不过，抄起根棍子要打老太婆，保安队齐刷刷地将枪举起来对准了他的脑袋。家里人哪见过这个架势，尽管牙齿咬得咯嘣响，却也只好拽着我爷爷逃出了这家的门。

出了村，家里人就抱头痛哭一场，弱肉强食，无尽的屈辱悔恨也只能往肚子里咽。

两个月后，一对娶亲队伍敲锣打鼓地经过我村村口，声势浩大，很多人出来看热闹，原来是紫苏那个病秧子丈夫娶媳妇，那个麻脸婆故意安排轿子经过我们村的，就是为了气我家的人并让我们瞧瞧，她儿子又娶媳妇啦！

这赤裸裸的挑衅无异于奇耻大辱，可是我家的人更为那个轿子里的女子担心，担心她会成为第二个紫苏。趁着轿夫停下来解手，我老奶奶悄悄撩开轿帘儿，看见那个新媳妇坐在暗影里，脸色黄黄的，看上去又瘦又小。

老奶奶不由得想起自己的闺女，眼泪就滚下来了，喃喃地说：这又是一个去送死的孩子啊！

老家管这种二房女子叫"替头"，"替头"用现在的话说就是替代、替身的意思。我老奶奶就壮着胆子跟"替头"说了那家的事，提醒她小心那个恶婆婆，遇事千万别像自己的闺女那样想不开，无论怎样都要好好活下去，不要给家人留下这无尽的悲伤和悔恨。

黄脸女子听了面露感激，小声地说："我跟您闺女嫁的是同一个丈夫，以后您就是我的娘，我就是您的闺女了。您放心，那老太太甭想欺负我，我会为您闺女报仇的。"

轿夫过来了，我老奶奶赶紧躲到一边，看着轿子晃晃悠悠走远，心里还奇怪："替头"这么一个瘦瘦单单的小女子，如何为我那死得冤的闺女报仇啊？

没想到，后来从那个村里传出了消息，那个恶婆婆竟然被"替头"给"降"住了，不但不敢再打人骂人，还变得像个老妈子似的唯唯诺诺，二郎腿不翘了，连大烟袋也不抽了。

这真是一物降一物，卤水斩豆腐啊！

谁也不知道"替头"那个小女子用了什么手段。人说，"黄脸老婆低头汉"，这种人最厉害，看着貌不惊人，但是心特别狠，做事儿特别果断决绝。

"替头"与紫苏并不认识，也毫无关系，但是她却兑现了自己的诺言，为我的姑奶奶报了仇，为我们的家人出了口恶气，更为她自己争了一口气！

说起来，靠一个外人来为自家报仇，不免令我家的人有些无奈和惭愧，可是谁让我家人老实没本事呢。父亲跟我说起"替头"的时候，还是满脸的感激和钦佩，说她是女中豪杰。

◀ 最小的过客

在这所著名医院的后面，有一圈荒草满园的篱笆，秋风里，喇叭花拼尽全力地开着，有个穿深蓝套裙的女人，拥着个瘦弱的男孩子，坐在篱笆的外面，静静地，被夕阳镀成了雕像。

在城市的深处，看到这样一幅相依相偎、浑然忘我的画面，让人不敢相信竟是真的。

女人的双耳荡漾着大大的银耳环，奇怪的是男孩的左耳上也摇晃着同样的一只。于是，在远处溜达散步的病人们就猜测：这母子俩可能是少数民族，是从哪个偏远的地区来这里看病的。

吃晚饭时，那戴着耳环的母子俩又出现在了餐厅里。

男孩三四岁，衣着整洁，头发蜷曲，秀美如女孩，只是脸嫩得可怕，像刚出生的粉红的羊羔儿。他的头歪斜在肩膀上，连转一下脖子都显得十分吃力。他艰难地啃着鸡腿，吃相有些不雅，涎水不可控制地从嘴角流出来。妈妈不吃，在一旁静静地看着，眼眶红红的，不时用纸巾给男孩擦着流出来的涎水。她的脸端庄秀丽，却拒人千里，从不和任何人主动打招呼。

母子俩离坐时人们才发现：除了歪斜的脖颈，男孩的腿和胳膊都蜷曲外撑，走路时左扭右摆，摇摇欲倒，女人提了暖壶去打开水，男孩就十指弯弯地半抱着一棵白杨，以稳住身体不至于摔倒。

有位阿姨见状，忙跑向前扶住男孩，问他话，他也不答，只是张着苍白的小嘴呆呆地望着她，好像压根听不懂她的话。

男孩妈妈拎着暖瓶回来，冲着阿姨点了点头，匆匆抱起男孩就走。

阿姨觉得这位妈妈有点怪，但随即就明白过来：或许这孩子根本就不会说话，而作为母亲，那种倔强的自尊，使她一定不愿让人看到儿子更多的残缺。

一位正在散步的老患者告诉阿姨：这对母子来自呼伦贝尔草原，那个叫作满洲里的地方。固执的妈妈为这生来残疾的儿子与丈夫离了婚，带他走遍了中原关外大大小小的医院。那孩子不但有这些一望可见的问题，还患有恶性肿瘤，时日不多了，他是这所医院肿瘤患者中年龄最小的一个。

而他，这位老者，是这些肿瘤患者中年纪最长的一个。

此后，人们总见那母子俩相依相偎着，坐在篱笆旁。在转瞬即逝的夕阳里，那份缱绻，令人不忍卒睹。母亲的膝上摊着一本画册，对儿子讲着他或许根本听不懂的童话；而那个小小的孩子，竟也吃力地仰脸凝视着母亲，如一朵虔诚的小向日葵。

无数的鸽子在阳光里亮翅，一个女孩在阳台上梳理心爱的长辫子，楼下爱车的男孩对着穿梭的车辆，天真无邪地唱着：奥迪"哥哥"、宝马"姐姐"……

一切都是那样祥和美好，好像没有疾病也没有悲伤。

而在喇叭花凄艳的吹奏里，一位母亲，终于失去了孩子；一个孩子，永远离开了母亲。家在远方的人们只是这座城市的过客，而那个不谙世事的孩子，却是这个世界的过客。

消息是从那位散步的老者口中传出来的，他摇着头，望着落在手心里的一只蝴蝶，叹息说：黄泉路上无老少啊，唉……

不久后，这位散步的老者也从篱笆旁消失了。

喇叭花攀附在篱笆上，伸着长长的脖颈孤注一掷地吹奏着，你听懂它最后的叮咛了吗？它在说：珍惜、珍惜……

第六辑

百态众生记

◀ 一滴泪水

．．．．．．．．．．．．．．．．．．．．．．．．

那天，很平常的日子，却又好像不太一样。

母亲收拾了全家人的衣服，挎着篮子去河边洗。她爱干净。她有修长的脖颈，景德镇陶瓷一样的肌肤，摇曳的银耳环，我至今都不明白，在贫瘠的乡村，怎会有这样高贵典雅的女人？

还有，当时我为什么没跟她一起去？女孩陪母亲洗衣服，本该天经地义呵。

我一个人托着腮坐在窗边，无边无际的预感涌上来。一只鸟跳上窗台，焦灼地鸣啾着，说着另一个世界的话。我脑中浮现的，却是河边那个深不见底的水坑，母亲飘飘地坠下去，如一朵白莲盛开在碧绿的水面。

我觉得母亲回不来了。无助，绝望，却又喊不出来。

好在，那可怕的预感并没有灵验，母亲回来了！在院中的铁丝上晾开衣服，花花绿绿的在风中飘荡。我心里是说不出的惊喜，却又羞于向母亲表达。十二岁女孩的心思，微妙而隐秘。

阳光穿透鲜嫩嫩的新芽，树上的鸟儿和地上的小鸡唧唧成一片。这天是四月初六，我的生日。

母亲摸摸我的头发，问我想不想吃水饺？我点点头，她的爱抚让我激动又紧张。她的脸清秀精致，手却像松树皮般粗糙，带着河水的微腥。她平时话少，我有些怕她，她那淡淡的忧郁，让我有一种距离感。现在想来，她也许只是不想让我进入她孤独凄清的世界。

那时，水饺只有过年才能吃上，专门为我的生日包水饺，是从不敢有的奢望。

父亲是个脾气暴躁的人，一个舞文弄墨的书生却沦落到饲养场与畜生为伍的那种暴躁，一辈子没学会种地的农民儿子的那种暴躁。

按他平时的脾气，无论谁想吃水饺都该骂的，但这天他态度竟出奇地好，亲自到菜园，拔回一篮子水灵灵的红萝卜。

母亲开始笑盈盈地和面、调馅，我也碍手碍脚地帮着忙。我擀皮，她包，母女俩都不说话，却配合默契。我用行动羞涩地表达着对她的依赖，盖垫上的水饺很快围成了月牙儿。

母亲突然说头疼，声音很小，眼神中却包含着千言万语。那种不好的预感又来了，我没顾得多看她一眼就拎起鞋子跑出去，跑到大街上才想起赤着脚会让人笑话，蹬上鞋又开始跑。

眼前闪现出母亲晕倒的画面，每次都无声无息，不惊动一棵小草。从十七岁的大哥哥溺水而逝的那天起，她就经常晕倒。没有人敢扶她，因为赤脚医生说，她血压高，强行去拉会很危险。她只能毫无尊严地躺在地上，跟一条狗一只猫没有区别。她也曾被送到镇医院，带回一小瓶药，里面装着一种透明的小丸儿。

后来小哥哥告诉我，母亲的病一直没得到正规治疗，因为我们没钱。从医院带回的是鱼肝油，营养眼睛的，她哭大哥哥把眼睛哭干了。

会计室外静悄悄的，我不敢闯进去，就在外面喊，喊小哥哥的名字。小哥哥半天才出来，听了我的话他飞奔去找医生，而我回家孤独地面对母亲。

她躺在炕上，穿着洗得干干净净的旧衣服，睡着了，面色惨白，手上还沾着面粉。阳光将她的五官照得几近透明，散发着不可思议的母性光辉。

连时光也无法解释，她那一尘不染的气质是从哪里来的。

她的嘴唇动了动，也许想交代什么，也许在等我说什么。我不知所措，我想告诉她：我爱你！可是说不出口。我们一家人，从来说不出这样肉麻的话。

母亲的喉咙发出呼噜声，如人睡沉了。可是，我把脖子都憋粗了，却依旧喊不出那三个字。我的伤悲，突不破我的羞涩。哪怕，这是最后的机会。

小哥哥带医生跑来时，母亲的呼噜声已停止。

医生从十字药箱里掏出小手电筒，拨开母亲的眼皮照了照，摇了摇头。

母亲爱干净，她是洗净了走的；她也爱美，脚上的袜子却是破的。那次赶集，她本想买双袜子的，却给我买了书包。小哥哥哭了，说：娘，儿不孝啊！再穷，也不能让你穿着破袜子上路啊……

我从没舍得用的新书包里，掏出一双袜子，那是我背着母亲

无
法
抵
达
的
旅
程

用旧毛线织的，很丑，怕她看见。我手抖抖地给母亲穿在脚上，然后和小哥哥一起，给她跪下磕了个头。

这时，我清清楚楚地看见：一滴泪水，从母亲紧闭的眼里滚出来。它辉映着生者的世界，又像一个句点，注释着母亲的一生一世。

也许没有人能相信，一个已经逝去的人还能流泪！

但我相信，那是母亲留给我的最后一颗珍珠。那三个始终没对她说出的字，长大后，我将它分给了更多的人……

◀ 阿姨，天安门广场在哪里

那天，从老将军的画室走出来时，天色已晚，华灯初放。原本灼热的风因为太阳的隐退收敛了不少，它撩起人的裙角，令人顿感惬意。

提着刚收获的字画来到万寿路地铁口，准备回家。正是下班高峰，地铁是最好的选择。

刚要下电梯，突然听见一个稚嫩的声音："等等！"

回头，见一个大概十多岁的孩子，浑身脏兮兮的，满头满脸浮着一层尘土，若是鼻子下再挂上两串清鼻涕，或者再举着一串糖葫芦，就是童年的自己了。他的眼睛小小的，像用苇叶切开的两条缝，黑里透红的脸上全是癣——那种因干燥不护理长出来的癣。

他追上我，急切地想表达什么，却又分明趔趄了一下。也许是我精致的蕾丝装和蓝色蛇皮淑女鞋，让他产生了距离感吧？但他的反应还是够快，在我开口前，他先开口了："阿姨，天安门广场在哪里？"

我瞬间明白了：这是一个来自偏远地区的孩子，想去看看向

无法抵达的旅程

往已久的天安门。这也是每个人童年时最初的梦想，是每个从未走出过故乡、却行将老去的人最后的梦想。

而我，是为了这个梦想漂泊到了北京却至今无法在这里扎根的人。

我用手指着天安门的方向："离这儿已经很近了，只有几站路，每站路只需要几分钟。"

他有些胆怯，却又不肯放过机会，于是，就显得越发的焦灼急切，冒着被嘲笑的危险，问了一个在他想来可能很幼稚的问题："那、那坐地铁可以到那里吗？"

"可以啊，刚好在这里就可以坐，很方便的！"

惊喜立马闪现在他的脸上，他迅速回转头，这时，我才发现在他后面的栏杆旁，还有几个孩子，个个衣冠不整，与这个城市的人一看就天差地别，格格不入。他们看上去比这个孩子还大些，却都呆呆的，有些低眉顺眼甚至畏畏缩缩，相比之下，还是这个男孩有股机灵劲儿。

小眼睛男孩几乎炫耀地对他们说："你们听见没有啊，坐地铁就可以到的！"

我冲他们点点头，算是打招呼。也许，他们已经在这里站立很久了，却一直没有勇气向那些行色匆匆的人们问询。与他们相比，这个鼓足了勇气追上我的男孩，应该是最大胆又见过世面的了吧？

这时，男孩脸上却又闪过一丝不易察觉的卑怯，好像在犹豫着该不该再次开口。无疑，他担心再问下去会丢丑露怯，但他还是豁出去了，把胸脯挺了挺，再次响亮地问："那坐地铁的话，需要多少钱呢？"

我说："三块钱！"

他嘴巴张了张，疑惑地望着我。他好像很意外，坐地铁去看向往了这么久的天安门，怎么会这么便宜呢？便宜得让他无法接受，瞠目结舌。

其他孩子还是那样呆呆的，一脸难以置信的茫然。无疑，他们也不敢接受这个事实。

接下来，我没想到小眼睛男孩还有疑问："坐地铁的话需要身份证吗？"

我说："不用，你们只需要到售票口那里，买一张票就可以了。"

这一切无疑都简单得出乎了这个孩子的意料，以至于他的自信瞬间便满溢出来：北京人的世界原来这么简单，他们要花的钱原来这么少！现在他不卑怯了，他甚至要炫耀一下，他把腰杆挺直，自信甚至有些傲娇说："那买票可以刷信用卡吗？我们都有卡的！"

这下，轮到我无言以对了。他不知道自己之前的胆怯很可爱，但这个炫耀使我有点不知所措了。幸亏我很快就反应过来，微笑着说："我们平常买票都是用零花钱的。"

同这帮孩子道别后，我就提着袋子下了电梯。

我听见后面那个男孩狂喜的声音："还等什么啊，小宝、狗蛋、招风耳、大鼻子、尿牛，下去啊！下去买票，去天安门广场啊！只需要三块钱，三块！"

刚说完，他就带头从旁边的台阶往下跑去，也不坐电梯。那群孩子跟在后面，蹦蹦跳跳的像一群小袋鼠，跑得比电梯还快，一会儿就冲到我的前面去了。

　　这一刻，那个小眼睛男孩无疑充满了成就感：原来去一趟了不得的天安门广场才需要三块钱！他相信自己已经成功地在我这个伪北京人面前炫了富，让我相信他们其实很有钱，乡下孩子也一样有信用卡的！

　　我的眼睛却无由地酸涩起来，不敢看他们衣衫陈旧晃晃荡荡的身影。

　　我想如果我是那个孩子，多年前来到这座令人敬畏的皇城，面对着熙熙攘攘的车流人海，一定也是一脸的向往，一脸的惶恐和茫然无措。

　　这时，如果有一位看上去衣着鲜亮的女人走过，我是否也会喊住她，仰着脸，用充满渴望的声音怯生生地问："阿姨，天安门广场在哪里？"

◀ 老奶奶的三斤米

女友给我打视频，神秘兮兮地说她在北京西部山区发现一个古村，全是保存完好的明清建筑，而且民风淳朴，路不拾遗，那风光更是美得直接可以做手机屏保了，谁看了都得舔屏。

她眉飞色舞地描述着去古村那天的情形：刚好是个阴雨天，小雨滴落到身上，麻飕飕的，像温柔的针灸。车行在群山之间，那个古村就那么若隐若现地出现在面前了，哇，那真是一派如梦似幻的神仙风光啊！

我说：太夸张了吧？难得你把一个破村子描绘得这么浪漫。

女友说：别打断我！总之，你在这儿见到的都是美好，都是古老——什么都是老的，什么都是有背景和来历。现在我们已经将很多老东西丢掉了，这才是真正的败家子啊，越老的东西才越珍贵！

接着，女友踌躇满志地说，她要给这个古村做一个宣传片，誓要将它打出去，让它3年内成为旅游胜地，5年内列入世界文化遗产！

我说她屎壳郎打哈欠——口气不小。现在还有这么原始、这

无法抵达的旅程

么保存完好的古村？鬼才信！尤其是在繁华的北京周边，就是有个狐狸洞也早被发现了，何况这么大一个村庄。

女友立马将了我一军：不信，你就亲自去看嘛！接着，她就打电话吆喝了一圈，弄得人人都知道了有这么个古村，人人都摩拳擦掌，心向往之。我骑虎难下，不去也不行了！

去的那天，车上满满当当挤了一车人，压得车摇摇晃晃像扭秧歌。在女友的煽动下，我们的眼睛一路上忙活个不停，几乎不舍得眨一下，尤其是快到古村时，大家的精神更是变得亢奋起来。

只见浓密的绿树掩映之间，房屋全依山势而建，错落有致，灰色的屋顶，飞檐高高挑起如龙头，户户门上悬挂着摇曳的红灯笼，门前有精致的石鼓，门窗上雕刻着古老的花纹，到处是老橡树、老栗子树、老核桃树，千年的银杏树上更是挂满了祈福的红布条，随风飘扬，那叫一个震撼。

有人背着背篓从山路上走过来，一抬头，是一个脸老得像核桃的老人，看见车里的我们，露出没牙的嘴巴慈祥地一笑，顿时满脸的皱纹都开了花。

古村果真如朋友说的一样美，并且确实还有些古迹，虽然破败，却能证明它的确有历史。它还有一个特色就是石磨特别多，在丝瓜架下，绿树丛中，老井旁……随处可见，据说总共有几百盘，是世界上有石磨最多的村子，正准备申请吉尼斯世界大全呢。

遗憾的是，石磨旁没有戴着笼嘴捂着眼睛转圈的毛驴儿。不磨粮食的石磨，说穿了也就是个摆设了，只为让游客看个新鲜，忆一下苦思一下甜而已。

在一棵栗子树下，终于发现一位头发花白的老奶奶在用石碾碾小米，她一圈圈推着，边蹒跚地往前走，便用笤帚扫着。这么大年纪了，还能推得动石碾，看来山里老人的身体就是壮实。

令人稀罕的是她竟然还是小脚，比辣椒大不了多少的小脚，走起路来一捣一捣的，如捣蒜。伙伴们立即像发现了恐龙一样兴奋，拍照的，抢着帮她推碾的，一口一个奶奶叫着，比见了亲奶奶还亲。

老奶奶笑呵呵的，看上去也挺开心。说她的米是自己种的，熬的时候飘着一层奶皮，香着呢。看那米黄澄澄的很是诱人，大家便动了买的心思，现在到处都是转基因，谁不想吃点纯天然的呢。

老奶奶听了，显得有些为难，说米种的不多，不够她一秋一冬吃的，女友便撒娇卖萌，求老奶奶少卖大家一点，不用太多，每个人三斤就行，带回北京吃个稀口。

这下老奶奶答应了，乐得我们点头哈腰，感激不尽，仿佛闻到了煮出来的小米粥的香味儿，再不矜持一点，哈喇子都快流出来了。

米的价格谈好了，九块钱一斤，比市场价略高，但这是纯天然无污染的，在城里花同样的钱也买不到这么纯的米，算我们赚了。

老奶奶拿着老式的长杆小称给我们七个人称好了米，然后看着剩下的一小堆米，笑呵呵地说："你们把我的宝贝买走喽，我今年冬天都不够吃的喽！"

大家都觉得过意不去，纷纷从包里掏出些小零食捧给奶奶，作为我们"抢"走她珍贵粮食的一点补偿。老奶奶不要，推让了一番才收下。

我暗想老奶奶用这沉重的石碾碾这点米，太不容易，汗珠子比米贵，即使谈好了价钱，也要多给点，所以我又悄悄地往她口袋里多塞了十块钱，幸亏她正忙着，也没发现。

游完古村准备打道回府时，见一辆农用车正在卖农民自己种的水果蔬菜，于是大家又抢购了一番，过秤时，同行的男士小刚不知有意还是无意，将买的小米放在了称上，这个动作令女友很不舒服，气鼓鼓地说："你这人怎么这样，难道还信不过一个老太太吗？"

可是，称出来的重量却让大家傻眼了：只有1.4斤。女友不信，把自己的放上秤，不足两斤。大家纷纷将米再称，没有一个够称，最多的也只有两斤二两。

大家面面相觑，女友哭丧着脸说："我找她去！"

小刚伸手将她拦住了，说："算了，一个老太太……"

大家拎着这些纯天然无污染战利品上了车，一路上都很少说话。

回京后，淘了小米熬粥喝。一淘，满盆都是黄颜色，黄得能染布了。熬出来一尝，寡淡无味，跟我们在超市买的平价小米没区别，甚至味道更差些，不像新米。

朋友们纷纷打电话交流体会，都是一样的结果，小刚甚至直接把小米送到公园去给老大爷喂鹦鹉了。

那段时间，我们再给女友打电话，她要么就是沉默，要么就直接不接了，最后还玩了几天失踪，让我们莫名其妙，不知大家都怎么得罪她了？

这天，我实在忍不住了，打电话找她兴师问罪，打了十遍才接。我问她为什么这样，又没做什么亏心事，干嘛躲着大家？

沉默了半天，她终于开口了："去古村是我张罗的，买米也是我张罗的，这事整得像是我在忽悠大家似的，我没脸见人了。"

原来是为这事。我忙安慰说："别这么夸张，也别这样想，也许那老奶奶只是不认称而已呢。就这么点小事，大家都快忘记了，三把韭菜两把葱的，你一个高端白领何必放心里呢？"

谁知，女友竟然哭了起来："你不明白吗，这不是几斤米的事，是一种信仰的破灭。我哪里想到，连一个小脚老太太都会骗人了？如果连一个老奶奶都不可信了，那叫我们还能信谁去？不瞒你说，我现在都怀疑，是不是连她那对小脚都是假的了！"

◀ 烟花飘逝

正是烟草花开放的季节，正在读初中的桂明川来烟站看望哥哥桂明山。不用说，他又要交学费了。

兄弟俩父母早亡，为了供弟弟上学，明山初中没毕业就到当地的烟站当临时工了，身处的大山是烟草种植基地，烟草是他们最大的经济收入来源。作为弟弟唯一的依靠，明山明白：两个人必须牺牲一个，才能保证另一个有好的前程。

在这片红土地上，兄弟俩顽强地生活着，最难的时候，也咬紧牙关从不向外人求助。连左邻右舍们都纳闷，这兄弟俩是怎么活过来的？

桂明川一进烟站，就看见哥哥正扛着沉重的烟包往车上装，瘦弱的身体被压成了弓形。明川既心疼又愧疚，他在一朵紫色烟草花上写下了"感恩，努力"的字样，夹在考试夺冠颁发的奖品——一个蓝色硬皮笔记本里，将它当作礼物送给了哥哥。

明山擦着脸上的油汗，用脏兮兮的手指抚摸着那几个秀气的字迹。他笑了，露出一口白牙，笑得满足又开心。随后，他就从口袋里掏出用纸包着的一沓零钱，那是他省吃俭用积攒的，已经被汗水打湿了，散发着新鲜烟叶的味道。

明川接过钱，羞愧得头都不敢抬起来了，眼泪在眼睛里不听话地滚动。他不敢正视年纪轻轻却已经满面沧桑的哥哥，更不敢看到哥哥期待的眼神。他发誓将来要出人头地，回报哥哥，等他将来出息了，就将哥哥接到城里去，像对待父母那样供养起来，让他好好享福，啥也不用干。

几年后，明川终于考上了省城的一所大学。这时，哥哥明山已经是烟站的副站长了，为了凑齐弟弟上学的钱，细心、谨慎的哥哥明山大摆筵席，第一次忐忑不安地收受了同事和烟农们送来的红包和礼品。

而弟弟送给他的那个蓝皮笔记本，则成了他收受礼品的记账本。一笔一笔地，记得清清楚楚，滴水不漏。

在满坡怒放的烟草花中，明山依依不舍地送弟弟到省城读大学。他告诉弟弟，那片写着"感恩，努力"的烟草花，依旧紧紧夹在他的笔记本里。

此后，每当明山收受礼品或者私分一些本该拨发给烟农的款项时，都会小心翼翼地记在这个本子上，记得仔仔细细。

也许，明山记着账，原本是计划要还的。可是，不知不觉间，他却在这条道上越走越远，一发而不可收。虽然在外人看来，他仍是那个沉默简朴而又忍辱负重的哥哥，那个清廉低调又能干的副站长，可是他记账本上的数字，却越来越多，以至于他在月夜里拿出来悄悄翻阅时，就会隐隐地有些不安，双手也会不由自主地发抖。

可是，贪欲就像罂粟，越抽越上瘾，戒也戒不掉。

几年后，大学毕业的明川被分配到州检察院工作，而哥哥已经是烟站的老站长了，他工作任劳任怨，待人诚恳，有口皆碑，烟站几乎所有的人都喜欢他，尊重他。令人遗憾的是，这么好的一个人，却不知道为什么一直没有成家。

正当明川与女友准备结婚却因为没有新房发愁时，哥哥敲开了明川的出租屋，将一串新房的钥匙郑重地放进了他的手里，说：房子是他多年来省吃俭用攒下来的钱买的，父母没了，他要尽一份做哥哥的心意！

握着这沉甸甸的钥匙，明川激动得不知说什么好，他明白，无论他混得多好，哥哥的这份付出他是永远还不上也还不起了！

在弟弟的婚礼上，明山目睹着两人幸福的模样，流下了悲喜交集的泪水。回到自己冷冷清清的家，明山面对着父母的遗像，喃喃地说：阿爸阿妈，我这个哥哥的任务终于算是完成了！

明川荣升为检察官的第一天，接到一个案子，正是检举自己的哥哥桂明山多年来利用职务之便，侵吞拨给烟农的款项，收受贿赂的问题。

桂明川跌坐在椅子上，半天没回过神来。历历的往事和无法言说的愧疚翻江倒海般涌上心头，让他不停地捶打着自己的头，不知该如何面对这一切，而自己在哥哥逐渐陷落的过程中，又充当了什么角色？

桂明山被带走的时候，弟弟送他的那个蓝皮笔记本也被搜了出来作为证据带走，那上面事无巨细地记录着每一笔款项，还有他蜕变的心路历程。

在跨上警车前，从厚厚的本子里掉出一朵干瘪的紫色烟草花，那上面有几个稚嫩的字迹："感恩，努力！"

警车开走了，弟弟桂明川站在不远处，目睹着它渐渐消失在尘埃里，而那朵记忆中的烟草花，也随风飘远了……

◆ 愚　犯（一）

　　伍大顺带着老婆陈木莲来这个城市打工，已经十年了。

　　十年来，他一直干他的老本行——在建筑工地上打工，陈木莲则在一个医院里做保洁。女儿寄宿在幼儿园里，周末才接回来。每天一大早，夫妻俩就各奔自己的岗位，晚上回到家一起吃完饭，再看一会儿电视，就捶着酸痛的腰早早地睡觉了。

　　就像那个小品中说的那样：两眼一睁一闭，一天就过去了。

　　日子就这么一天天地重复，平平淡淡，单调乏味，几乎没什么变化，但是他们感到心满意足。他们都是没啥本事的人，没有奢望，也就没什么烦恼。

　　然而，在伍大顺遇到宣巫女后，一切却不知不觉地发生了变化。

　　宣巫女是大顺在建筑工地上认识的，她刚来不久，在食堂里打工，做点洗菜、择菜、打扫卫生之类的零活，钱少得可怜。听说她家是城郊的，平时家里有地，冬天了没啥事干了，才来建筑工地上当临时工，干一天结一次账，不愿意干了随时可以回家，奇怪的是，她却一天天地坚持了下来。

伍大顺去食堂打饭，经常碰见宣巫女在那里收拾桌椅板凳，一来二去的就熟了。看见伍大顺拿着饭盒坐过来，宣巫女就热情地打招呼，问他是哪里人，家里都有什么人口？听说伍大顺老家是山东的，宣巫女一脸惊喜，说："俺老家也是山东的唻，没想到在这里碰上老乡了！"

伍大顺问她，你不是城郊的人吗？咋又成了山东的？

宣巫女解释说，她娘家是山东的，她是嫁到这里来的。

既然是老乡，两个人立马就感觉亲近了许多。按照宣巫女的话说：老乡见老乡，在过去是要两眼泪汪汪的，只是现在的老乡没有像过去那么亲了而已。

伍大顺将遇见老乡的事跟老婆陈木莲说了，陈木莲也挺高兴，说多一个朋友多一条路，多一个老乡就多一个亲人，以后有机会了，她也要去认识一下。

宣巫女有时候给伍大顺捎点好吃的，都是自己包的包子、饺子之类的，伍大顺过意不去，也回赠她点水果什么的，这样来来往往的多了，两个人就越来越熟络了起来。

放年假了，工地上还欠着工资发不下来，就分了两盒顶账的鸡蛋算作过年的礼品，宣巫女没法拿，就提出让伍大顺骑摩托车送她一下，伍大顺毫不犹豫地答应了。

到了宣巫女的村里后，天黑了，宣巫女热情地挽留伍大顺留下来吃晚饭，边说着就手脚麻溜地把菜炒好了，还给烫了一壶酒。闻着酒香，伍大顺这才感到饿了，也就没客气。

宣巫女给倒着酒，两个人你一杯，我一杯，越喝越近乎。当

无法抵达的旅程

伍大顺喝得酒酣耳热时，宣巫女蹭到了他身边，搂住了他的脖子，说："大顺，你知道我在工地上为什么能干这么久吗？"

"为啥？"

"傻样儿！还不是因为你……"

就这么着，两个人发生了不该发生的故事，伍大顺还没等穿上衣服，一个人影就冲了过来，当胸就给了他一拳，把他捅得差点背过气去。接着，躺在他身边的宣巫女也没命地喊了起来："强奸啊，救命啊！"

伍大顺顿时懵了！

男人长着一对肉里眼，一脸凶光，自称宣巫女的丈夫。尽管他没有喝酒，可是脸红脖子粗的却一副喝醉了的样子。从他撸上去的袖子可以窥见，他的胳膊上有纹身。

纹身男将伍大顺揍了一顿后，让他交两万块钱走人，否则就到派出所告他强奸。伍大顺将口袋里的钱全掏了出来，也只有两百多块。男人劈手将钱夺过来，劈头盖脸又将伍大顺一顿暴打，伍大顺一米八几的傻大个，只知道告饶，不敢还手。

大概宣巫女也看不下去了，一边牙疼似的哼哼唧唧哭着，一边拉住了丈夫："算了，你打死他，他现在也拿不出这个钱。不如放他回家，将钱凑够了送来。"

"娘的，那我还不如现在就将他送派出所呢！"男人骂咧咧地说。

"送派出所，那你以后还让我咋做人？我好端端的一个女人家，被人家在自己家里那个了，冤不冤啊……"宣巫女又抽抽噎噎地哭了起来，听上去十分委屈。

最后，纹身男"勉强"同意了将伍大顺放回家筹钱，但如果明天晚上之前不能把钱送来，就报警。

伍大顺推着摩托车回了家，一路上眼都是直的，忘了骑车，走到家已经半夜了。不用说，他的那两箱鸡蛋也被纹身男留下了。

老婆还没睡，锅里的粥保着温在等他。伍大顺见状羞愧交加，陈木莲见他脸色不对，忙问他怎么啦？伍大顺只好从实招来，一个劲儿地祈求老婆原谅。陈木莲倒是通情达理，说，事儿已经犯下了，说这些还有啥用？咱们一起想办法，把人家要的钱凑齐了给还上吧。快过年了，咱不欠这个昧心钱！

大顺听老婆答应得痛快，犹犹豫豫地说，咱哪有那么多钱呢？要不要再去跟他们理论理论，还还价，咱少拿点？

老婆叹了口气说，你做了这没脸的事，还有什么脸去跟人家讨价还价？算了，咱就认了，人家要多少就是多少吧！

伍大顺听了，恨不得找个洞钻进去哭一场。

第二天，两个人将家里所有的钱——连女儿储钱罐里的零花钱都掏空了，也只凑了两千多块。他们平时赚的钱除了交房租、吃饭、女儿上幼儿园、给老家的父母寄去养老费之外，也就够生活费的了。况且这两年来，钱越来越不好赚了，不但大顺的单位欠着工资，老婆单位到年底了也还欠着两个月没发呢。

两个人只能厚着脸皮到处借钱。可是，他们在这异地他乡没有亲友，熟悉的人又都是打工的，情况都差不多，七拼八凑加起来，也只筹到了两千五，连自己的加起来还不足五千。

怎么办呢？这点钱离他们要求的还差太远，怎么拿得出手去见人家？不去吧，又怕他们报警告。无奈，两个人踌躇了再踌躇，最后还是决定先将这点钱拿过去表表诚意。

纹身男一看只拿来这么点钱，顿时火冒三丈："你俩这是糊弄鬼呢？就看我们两口子好欺负是不？"宣巫女也在一边说："就是，你们这也太不像话了，我看在老乡的份儿上，让你们破财免灾，谁知你们不知好歹，那就不如一起到派出所说道说道！"

陈木莲一听，慌得什么似的，双腿一软，就给他们给跪下了，宣巫女扭过头去，嗑着瓜子只当没看见。

陈木莲抹着眼泪，一个劲儿地替大顺求情，又把自己家的困难和盘托出，希望他们两口子能宽限些日子，等年后她的工资发下来，把钱凑齐了立马就送来。

纹身男听了，感慨地说："你这个女人真是少见的贤惠啊！可惜，嫁了这么个没良心的丈夫，瞒着你在背后勾三搭四，破坏别人的家庭，还要你陪着低三下四，丢人现眼，你冤不冤呐！"

陈木莲听了，以为自己的眼泪打动了这个凶巴巴的男人，谁知男人却说："我看你可怜，倒是有心宽限你些日子，但是我有个条件，你答应了，我才能答应你。"

大顺夫妻俩忙异口同声地问："啥条件？"

纹身男说："我的老婆既然被人睡了，那我也得把别人的老婆睡了才成。要不，我平复不了这心头的怒气！"

宣巫女一听，便对着纹身男骂起来："放屁！敢情我吃了亏，你这里却要赚回来，你损不损啊，你个缺了八辈子德的玩意儿！"

纹身男人狠话不多，朝着老婆一耳刮子扇过去，宣巫女就捂着脸不说话了。

纹身男用那对肉里眼斜睨着大顺和陈木莲，说，"我是通情达理的人，不逼你们，你们自己看着办。"

大顺的倔劲儿上来了，说，"不成！你拿我们当啥人了？我大顺就是死了，也不能让我老婆干那样的事。"

纹身男哑然失笑："伍大顺啊伍大顺，说得你自己好像多纯洁似的，背着自己的老婆把别人的老婆都偷了，还在这里装好丈夫，在我面前装 X ！"

陈木莲忙替丈夫辩解说，"大哥，大顺他不是什么坏男人，他平时待我也不错的……"

纹身男打断了陈木莲的话，说，"你这个女人真可悲啊，都这个份儿上了还替这个渣男说话，真是哀其不幸，怒其不争啊！也就是大哥我仗义，看你贤淑不忍下手，要不我就当着他的面把你给睡了，一报还一报，看他能怎么着我？"

陈木莲忙不迭地磕起头来："大哥，这事是我家大顺做得不对，我替他赔个不是，您就放过我吧！我一个妇道人家，真要做了对不起丈夫的事，还怎么见人啊？"

宣巫女在一旁听了这话，上来就撕着陈木莲的头发破口大骂："贱妇，你这是指桑骂槐呢？看我不撕了你！"

眼睁睁地看着宣巫女对着老婆拳打脚踢，大顺在一旁吓得战战兢兢，却不敢伸手阻拦，怕又惹上什么麻烦。

陈木莲被打得鼻子都破了，头发也被撕下来了一缕，却一直

无法抵达的旅程

没有还手，再这样打下去，非出人命不可，大顺腿一软，扑通也跪下了！

大顺夫妻俩的表现，让纹身男看得索然无味，他不屑地踢了大顺一脚，鄙夷地说："真他妈的没劲！你要是真有点骨气，老子我还佩服你！碰上你这种打不还手、骂不还口的窝囊废，我也是醉了。就这熊样还敢睡别人老婆，也是个奇迹！"

大顺不知道纹身男这是啥意思，惴惴不安地等着他后面来更狠的，谁知纹身男却说："我也懒得跟你们磨叽了，跌份儿！赶紧滚吧！再给你们三天时间，把那两万块钱凑齐了给我送来，耽搁一分钟，咱派出所见！"

大顺没想到纹身男这么轻易地就放他们走了，简直受宠若惊，怕纹身男反悔，他赶紧爬起来，用袖子给老婆擦干净脸上的血，拉着她就往外跑去！

夕阳快要落了，大顺骑着摩托车带着老婆刚出了村，却见一个一起在工地上打工的熟人——小梁，他心一慌，车把一歪，就连人带车滚到了路边的水沟里……

◀ 愚　犯（二）

　　伍大顺用摩托车带着老婆回到家，两个人尘土满面，抱头痛哭。

　　他们在逃出宣巫女的村子时，因为怕熟人看见，不慎连人带车掉进了沟里，幸亏没有致命的伤，最后还是在那位熟人小梁的帮助下，将车推了上来，稀里糊涂骑回了出租屋。

　　伍大顺的心，已经没法用"懊悔"两个字形容了。如果不是他跟宣巫女发生了那档子说不出口的事，怎会有这些耻辱的事情发生？他不明白，他老实本分了半辈子，从没有非分之想，昨天晚上怎么就变得像狗一样冲动了呢？

　　两人抱头哭完了，相互用毛巾为对方擦了擦脸，这才发现都受了伤，青一块紫一块的，再看看身上，腿上、胳膊上也都伤痕累累，伍大顺的手还磕去了一大块皮，差点连骨头都露出来了，问他，却说没感觉到痛。

　　陈木莲想去药店买点创可贴和消炎药，伍大顺说算了，省点钱吧，这年还不知道怎么过呢！陈木莲听了，默默地也不知该说什么。

夜里，两个人躺在床上，都睡不着，却谁也不敢碰谁，因为身上都是伤，一不小心触到就会痛。两个人都想了很多，却都是在检讨自己，并不往别处想，更不想别人的坏处。

那个宣巫女明明是自愿的，却为啥要说他强奸呢？伍大顺脑子里闪过这样的念头，但他不敢多想，也不愿多想。他俩从农村出来，一直都没什么害人之心，也没什么防人之心。

想到那个纹身男，两个人都心有余悸，当时要是他们两个人有一个咬不住牙，可能木莲就被他糟蹋了。被他们打被他们骂也就罢了，还要被他们侮辱。回想起那一幕，陈木莲就不寒而栗，但她同时又认为是大顺先伤害了人家，所以自己也是罪有应得。

大顺很担心他跟宣巫女的事被下午碰到的小梁知道了。小梁是个大嘴巴，用老家的话说就是"啵啵嘴子"，爱打听事，爱传播事，什么事要是让他知道了，很快就会传个满城风雨。大顺不知道，到时候他的脸面往哪里放？

有人说，有本事的人都脸皮厚，没本事的人才要脸。大顺知道自己没本事，但他要了一辈子脸，现在不能不要了。他越想越后怕，不知道明天该怎么活下去。

第二天，大顺和陈木莲又开始东奔西走地筹钱，他们将能想到的人都求到了，却依旧借不到钱，大家能走的都走了，回家过年去了。不走的，都是走不起的，买不起车票的了。

本来，他们也是想回家过年的，攒的那两千多块钱虽然不多，但买了路费后还能剩点的，现在出了这档子事儿，盼了一年的回家计划也成了泡影，连老爹老娘也见不上了。

第三天了，他们却连一千块钱都没有借到。他们都明白，即使他们跑遍了这座城市，也不可能借到什么钱了，而纹身男那两口子还在等着他们。

他们心有灵犀，再也不白忙活了。伍大顺对老婆说："没有啥希望了，我已经走向了一条绝路，也不想再见到明天的太阳了！"

陈木莲明白丈夫的意思，她哭了，说："你就舍得撇下我们娘俩儿，孤单单地在这个世界上受苦吗？要活咱一起活，要死咱一起死！"

下午，两个人一起去银行将借朋友的钱打回了人家的账户上，又将剩下的钱留下两百五，其他的一分为二，分别汇给了两方的父母。然后，他们就去幼儿园接回了女儿，带她去路边店给她买了大红色的衣裙、皮鞋、毛线帽，花了65元，这是闺女长这么大买得最贵的衣服了。

回到家，陈木莲就给女儿洗得干干净净的，扎好了小辫子，又将新衣服、新鞋子都穿上了，女儿欢天喜地，一个劲儿地问："妈妈，为什么穿新衣服？今天就过年了吗？"

陈木莲忍住眼泪，笑着说："是的，妮妮，咱们今天过年了！妮妮一定要高高兴兴的啊！"

女儿问："过年，为啥我有新衣服，你们没有呢？"

陈木莲说："我们都是大人了，不用穿新衣服了，新衣服只能最小的孩子才能穿。"

女儿天真地说："那过年怎么没有糖、没有饺子，没有水果、没有肉呢？"

大顺被女儿的话点醒了，忙跑到小区的超市里，买来了速冻水饺、生肉熟肉、香蕉、梨子，给女儿买了她最爱喝的可乐，给老婆买了一只几块钱的凡士林唇膏，他自己也奢侈了一回，买了两盒中南海烟……

买完了这些，大顺口袋里就剩几枚叮当作响的硬币了。

大顺提溜着两大袋东西回到了家，女儿高兴得拍着手，喊着："过年喽，过年喽！"在她的记忆中，过年就是吃这些好东西。这样的快乐，一年也没有几次。看着蹦蹦跳跳的女儿，大顺的脸上也不由得露出了笑容。

这顿饭，有菜有肉有饺子还有饮料，无疑是一年到头最丰盛的一顿饭，看着女儿美滋滋地喝着她最喜欢的可乐，伍大顺想起老婆也爱喝这个，就让她也喝一点，老婆却舍不得喝，爱抚着女儿的头说："让妮妮全喝了吧！妮妮喝了，也就等于我喝了！"

哄着女儿睡下后，两个人躺在床上，回想着从恋爱到如今的这场噩梦，都觉得绝望无助又恋恋不舍。

伍大顺贪婪地抽着烟，快将一盒抽完了，他动情地说："妮妮妈，我对不起你啊。你这么好的一个女人，这些年跟着我，吃没吃好的，穿没穿好的，我让你受了这么多罪，如今又做了对不起你的事，让你跟着我受这些委屈，我这辈子都没法偿还了！"

陈木莲说："大顺，说快别说这些了，都过去了。"

两个人就这么拥抱着说了一夜的话，不知不觉天就快亮了，深深的恐惧也一阵阵袭来。大顺明白，必须尽快做个了结了。

夫妻俩一起来到女儿的床前，看着正睡得香甜的宝贝儿，如乱箭穿心。他们将女儿亲了又亲，万分的不舍，想着如果将四岁的孩子孤零零抛下，又万分地不忍。

最后，还是陈木莲说："大顺，咱们还是带她走吧，一家人，要走一起走，谁也不能抛下！"

他俩跪在女儿床前，陈木莲呜咽着说："孩子，这辈子没让你享啥福，爸爸妈妈对不起你。别害怕，跟爸爸妈妈一起走吧，咱们去另一个地方再开始！"

伍大顺不敢看女儿那红嘟嘟的小脸儿，他用被子蒙住女儿的脸和嘴，直到她没有了挣扎。

夫妻俩瘫倒在地上，面如死灰，他们已经连泪都流不出来了。

眼看着天就快亮了，伍大顺木木地说："我该走了，木莲，我得快去陪孩子了，免得她一个人走路害怕。"

陈木莲机械地摇了摇头，眼神直直地盯着丈夫，说："不，祸是你惹的，我要你看着我先走，让你难受，也是个教训。来，还是你来送我走吧！"

陈木莲摸起早就准备好的锤头，递到了丈夫手里："狠一点，别手软，省得太疼，一下就把我送走了最好……"

伍大顺接过锤头，用早已麻木了的嘴唇亲了亲妻子，说："木莲，别害怕，咱一家人一起走，到了那边女儿还是女儿，你我还是夫妻……"

伍大顺闭上眼睛，向老婆举起了锤头……

当伍大顺将锤头砸向自己的脑袋时，突然想起了什么。他从女儿的图画本上撕下一张纸，歪歪扭扭地给父母和岳父岳母写了个遗言，大意是：祸是我惹的，都是我的错，与陈木莲无关，但她也想跟我一起走，不是我逼她的。希望我们一家三口走了后，两家亲戚不要引起纷争，四位老人能够安度晚年……

在给老人留遗言时，大顺的心又活了过来，想起明天就是小年了，自己和老婆孩子却永远回不了老家，见不了爹娘了，他的心痛得像锥子在扎，泪水把纸都打湿了。

他又惭愧还有几天就过大年了，自己却又给社会添了麻烦，尤其是给警察添了麻烦。于是，他又给警察也写了几句话：

警察同志，实在不好意思，因为我的这点事，让你们过年也过不安慰。这盒烟，留着你们抽，别嫌便宜，这是我抽得最贵的烟了。

他抖抖索索地把盒里最后一支烟抽完，又将剩下的那盒烟压在给警察的信纸上，把平时舍不得用的新打火机也放上了，和给老人的那封遗书一起，工工整整地摆在桌子上。

当伍大顺确信没有什么要交代的了后，最后又望了妻子女儿一眼，喃喃地说，闺女，木莲，别怕，我来陪你们了！

伍大顺躺在妻子身边，刚要举起锤头，却发现刚才扔的烟头烧着了桌布，起火了！他急忙拿起水壶浇火，火却越来越旺。他忙拿着写好的遗书和烟跑出房间，大喊着救火！

此时天已微明，一位早起散步的老头跑过来，问他怎么了？

伍大顺将遗书和烟递给他，说："大爷，麻烦您赶紧打119

灭火，再打110，我杀人了！拜托了，快过年了麻烦您真不好意思！"

伍大顺说完，朝着老人鞠了个躬，就跑回了屋里。

火越烧越大了，邻居们纷纷跑出来拿着盆灭火，但没人敢闯进屋去。

119很快就赶过来了，三下两下就把火灭了，所幸救得快，没有烧着其他的房屋。

110也赶来了。伍大顺被救出来的时候，身上砍了十八刀，是他自己砍的。

在监狱里，伍大顺才知道，宣巫女和纹身男并不是夫妻，而是合伙作案的诈骗犯。他在寻死之前，什么都想到了，却没想到这一茬，更没想到要自己去报案。

负责他案子的老警察叹息说：唉，本来不该发生的悲剧，你这个糊涂的罪犯啊……

法院以故意伤害罪提起公诉，法官问伍大顺还有什么好说的，他喃喃地说："我只求能尽快判我死罪，好让我去跟老婆孩子团聚……"

第七辑

爱就一个字

◀ 雅典之恋（一）

　　在希腊雅典，爱琴海边的一座高档中式餐馆——华夏故园餐馆里，女主人莫洛笛正在忙碌着。她一会儿在办公室里翻阅收支账目，一会儿去后厨品尝新菜品，一会儿观察着正在大快朵颐的旅客，猜测着他们来自哪里，最喜欢哪一种口味，哪一道菜？

　　这时，她的老爸老莫走进来，说他老友的儿子罗鼓要来希腊考察鞋业项目，希望女儿到时前去接机，代他履行一下同胞兼朋友的职责。莫洛笛对老爸的接待热情已经见怪不怪，但还是忍不住吐槽说："老爸，您还是少给我添点麻烦好，您以为开餐馆跟种个萝卜似的，说拔出来就可以拔出来啊？"

　　说起来，老爸是改革开放后的首批大学生，是因为倾慕希腊文明而移民雅典的中国人，骨子里有一种天然的浪漫和侠义，他起初来雅典想靠搞艺术养活自己，发现行不通，只好在人到中年后匆匆忙忙地成家，并和夫人一起开了这家餐馆，但他实在不是做生意的料，一年年下来几乎是白赚一场辛苦。

　　华夏故园餐馆在莫洛笛接管来后才有了起色，成了雅典知名度最高的中餐馆，不但华人喜欢来这里，连世界各地来的游客也会慕名前来品尝，生意越来越红火，让莫洛笛忙得不可开交，不得不经常招兵买马，扩大规模，增加新菜品。

可惜，老爸退位后不甘寂寞又好多管闲事，这个餐馆，现在已经快被他变成雅典的华人接待站了，让莫洛笛的心里很不爽。

莫洛笛出生在雅典，她在这座三面环山、一面靠海的城市里，受的完全是西方教育，对父亲的国度了解不多，对她来说，那只是一个模糊的概念，并没有什么乡愁或者情感上的惦念。

到了那位富二代飞临的那天，莫洛笛开车去接，顺便带上了她的希腊男友吉恩。吉恩是个健身教练，一个享受当下、胸无大志的希腊男人，两个人平时各忙各的，只有空隙里聚聚，有一搭没一搭地聊聊天，也没有多少话可说，散淡得就像普通朋友，也正因为如此，彼此都没有约束感。

两个人在机场等了半天，富二代的那趟航班旅客都走光了，也没见他的身影出现。莫洛笛不明白这是怎么回事，她气急败坏，将写着"罗鼓"的举牌扔进后备厢，就拉着吉恩回家了。

老莫一遍遍地拨打罗鼓手机，都是无法接通。看着老爸一筹莫展，莫洛笛不耐烦地说："还拨什么呀老爸，人都失踪了，报警吧！"吉恩也鹦鹉学舌般地重复着："报警，报警！"

可是，还没等他们将报警电话拨出去，莫洛笛的妹妹莫洛可就蹦蹦跳跳地跑了进来，后面跟着一个华裔青年。她介绍说，这是她在路边"捡来"的，听说他来自自己的故乡中国，便热情地邀请他来品尝自家餐厅的美食，看是不是地道的中国口味。

莫洛可是导游，性格也跟老爸一样豪放好客，经常干这类热情过度的事，让莫洛笛头疼不已。莫洛笛刚要数落她几句，却发现这个华裔青年有点面熟，掏出手机上的照片看，这不就是今天去飞机场要接的那位富二代吗？

老爸也赶紧推推眼镜，向前来辨认，最后一锤定音：没错，这就是罗鼓，他老朋友的老生儿子。

莫洛笛冷眼打量着眼前的这位富二代，只见他痞里痞气地笑着，衣服松松垮垮地穿在身上，好像没有灵魂，一看就是那种没有受过苦且被惯坏了的一代。

原来，莫洛笛和吉恩之所以今天没接着他，是因为这位不靠谱的富二代下了飞机后，竟然直接找地方享受美食去了，更荒唐的是，飞机落地后，他竟然忘了打开手机。

莫洛笛责问罗鼓，就没为接机的人考虑一下吗？罗鼓竟然眨巴着眼睛，一脸无辜地说："对不起啊小姐，我实在是忘了。我这人自由散漫，不愿被人照顾，是我那多事的老爸非得让人来接的……"

"那你的言外之意是，你老爸多事，我和我老爸更多事咯！"莫洛笛差点气晕了。

老爸了解女儿的火暴脾气，眼看着一场沙尘暴将要爆发，忙将罗鼓拉到一边去打圆场，想将女儿的怒火引开，哪知道这傻小子不但不解其意："No, No, No, 是我想入非非，希望在这里有一次浪漫的邂逅，所以，一来到雅典，我就忘乎所以，将老爸的安排和接机的事儿抛到九霄云外了……"

莫洛笛气得都无语了，偏偏她的妹妹又跳出来火上浇油，拍着罗鼓的肩膀说："恭喜你，心想事成了，一下飞机就邂逅了我。哦，这真是太浪漫了，一百分的剧情啊！"

老莫也尴尬地笑着，说："无巧不成书，哈哈哈，无巧不成书！"

看着莫洛可和罗鼓勾肩搭背地哈哈大笑，莫洛笛做了个"上帝啊"的无奈动作，身边的吉恩也是一脸懵。

"你俩倒好像是天生一对，一拍即合哈！"莫洛笛对这对活宝扔下一句话，就气呼呼地忙她的去了，她可不想在这里浪费时间。莫洛可和罗鼓对莫洛笛的情绪毫不在意，照旧有说有笑，只有老爸对着她的背影喊着："嗨，你这是什么话嘛！"接着，他又对着罗鼓赔笑着说："贤侄，别介意哈，我女儿就这个脾气，连上帝也惹不起！"

莫洛可伏在罗鼓耳边悄悄地说："我姐姐这是提前更年期了，估计是让餐馆的生意给累的，暴躁症，嘻嘻！"

罗鼓说："我看出来了，她对我相当不友好。"

莫洛可说："甭管她。她看起来凶，其实是纸老虎，在这个家里她看起来是女王，实际上是保姆，嘻嘻。"

说着，莫洛可就拉着罗鼓去品尝店里的美食了，没想到不但没得到这个家伙一个好评，还听他说："我以为多好呢，这不一般般嘛！在国内任何一家小餐馆的菜都比这儿做得地道。"

气得莫洛可扬起勺子，要给他的那颗"葫芦"开了瓢。她气鼓鼓地对老爸说："您那位老友怎么生出了这么个儿子来，简直就是毒舌加损将嘛，哼，损人不利己！"罗鼓听着，一脸坏笑地将半块红烧狮子头添进了嘴里，好像受到了什么表扬似的。

莫洛笛本来以为罗鼓到了雅典后，她的任务就完成了，没想到，这仅仅是开始。

罗氏家族在国内做的是鞋业生意，这次派遣罗鼓来希腊，也是考察鞋业项目。老莫担心这位大大咧咧的贤侄人生地不熟，就让莫洛笛陪着他到处考察，让莫洛笛苦不堪言。希腊二代华裔女vs中国内地败家子，哪儿跟哪儿都不合拍，话不投机半句多，谁看谁也不顺眼。

听说在中国大家都尊崇传统文化，凡事要讲感恩，可是，对莫洛笛劳神耗力的陪同，这位纨绔弟子不但不领情，还数落她这儿不行那儿不好，跟在他屁股后就像个监视员、押解员，莫洛笛对他这无厘头的指责莫名其妙，感觉这小子就是不远万里跑来雅典找茬的。

第一天考察回来，莫洛笛就忍不住和老爸吵了起来："为什么是我呢？为什么你不让你的心肝宝贝莫洛可陪着他呢？"

老爸吹胡子瞪眼睛地说："莫洛可？她和那个傻小子一样不靠谱，敢指望她吗？你让她陪着游客到处晃悠还行，让她陪着考察项目干正事，非得砸锅了不可。"

莫洛笛火冒三丈："不靠谱就可以什么都不干，能者就得多劳是吧？老爸，您太偏心了，我不是阿凡提的那头毛驴，天天干活还得拉金子！餐厅要是倒闭了，您养我？咱们一家人喝风去？"

老爸赔着笑说："你那么能干，餐厅怎么会倒闭呢？别说这些赌气话了。我保证，只要你陪着罗鼓把这次的考察任务完成，老爸以后就再不麻烦你了！"

"当真？"

"当真！"老爸在镜片后大瞪着双眼，认真地说，"最后一次，下不为例。等罗鼓坐上回国的飞机，你的任务就算完成了，咱们拉钩为证！"

老爸说着，竟然伸出了小手指，莫洛笛哭笑不得，觉得老爸的智商堪忧，可以跟一年级小学生媲美了。

勾还没拉呢，罗鼓却肩搭着件衣服从餐厅外走了进来，笑嘻嘻地对老莫说："莫伯伯，看您女儿这么讨厌我，我突然不想回国了，怎么办呢？"

老莫顿时紧张起来："你想怎么办？"

罗鼓将手搭在莫洛笛肩上，说："我就想一直在这里逗她生气，享受一个人被我气疯的成就感。不过这样的话，您委派她的任务岂不是就完不成了？"

◆ 雅典之恋（二）

　　在莫洛笛看来，罗鼓的雅典"考察"行纯粹就是浪费时间。罗鼓却反唇相讥，说你身处雅典却毫无浪漫细胞，这才是真正的暴殄天物、浪费青春呢。

　　不过，罗鼓也承认，这次他纯粹就是被老爸逼来"考察学习的"，对他这个不学无术的人来说，"考察"只是借口，玩才是重中之重。

　　将自己宝贵的时间挤出来，去陪同这么一位以浪费时间为业的纨绔子弟，让莫洛笛十分气恼，但为了完成老爸交给的任务，她也只得数着日子，希望尽快将这位大爷熬滚蛋了，自己该干嘛干嘛。

　　莫洛笛搞不懂这个自由散漫的家伙，天天在鞋业公司走马观花有什么意义？既然这么心不在焉，那干脆就别看得了，在旅游胜地做个游客岂不更吻合他的天性？

　　在陪同罗鼓"考察"时，两人"代沟"丛生，小摩擦不断。生性不甘寂寞的罗鼓时不时地要惹火一下莫洛笛，说就愿看她气急败坏的样子，狗不咬时就要用棍子捣一捣，让它汪汪两声。

无法抵达的旅程

"我好歹也大你几岁，你好歹也对我的付出给予一点应有的尊重，好不好？"莫洛笛忍不住冲罗鼓嗷嗷叫，却正中他的下怀。而他自己，在莫洛笛眼中，不用说也是一个欠揍的货。

不过，罗鼓也不是一点儿心都没有。看得出来，他对那些流水线生产的鞋子没啥兴趣，哪怕是品牌鞋，他也觉得没啥意思，但他喜欢去看那些老旧的手工作坊，去看那些手工定制的鞋子——它们多数是女性的鞋子，款式不一，极具个性，而男性的就那么几款，变化不大，并且最重要的区别是在材质上。

在柔和的灯光照射下，罗鼓捏起一只大红色的高跟鞋欣赏着，转动着，显得认真又痴迷。

莫洛笛没想到，他也有认真的一面，这让她很意外。

罗鼓手中的那只红鞋，目测有十厘米高，鞋跟细得像女性的一根小指头，显得妩媚又妖冶。一贯中性打扮的莫洛笛想象不出来，这样又细又陡峭的鞋子让人穿上了怎么走路？

罗鼓的后背像长了眼睛，他对着后面的莫洛笛说："你一定很好奇，我为什么喜欢这些手工定制的鞋子吧？"

莫洛笛撇撇嘴："我才懒得浪费我的好奇心呢，你的兴趣与我有什么关系。"

罗鼓自顾自地说："因为它们每一双都不相同，每一双都有特定的主人。尽管价格昂贵，却保持了独立的个性，是谁的就是谁的，不能替代。看看我手中的这双红鞋子，我就会猜测，这双鞋的主人是谁？长什么样子？你能猜得出来吗？"

莫洛笛回答："我猜它的主人一定是位妖精。"

"我猜她应该是一位舞蹈家，性感又优雅，五官立体得就像希腊的雕塑，她的嘴唇很丰厚，让人见了就想亲吻的那种。她有两条大长腿，穿着这双鞋子走起来的时候，一头金色的披肩大波浪随风扬起，曼妙的身姿摇摇曳曳，如爱琴海边一朵盛开的花……"

这番诗情画意的想象，令莫洛笛暗暗地吃惊，甚至刮目相看，她调侃说："你不像是个做鞋的，倒像是个艺术家。艺术圈儿缺了你，真是个遗憾。你是个被做鞋和旅游耽搁了的大师。"

罗鼓回头认真地看了她一眼："你这说的是真话还是挖苦我？我可不顶夸哈！"

莫洛笛耸了耸肩，不置可否，罗鼓弄不清她的本意，失望地说："你这个人太冷漠太理性又太刻板了，像个仿真机器人，索然无味，一点都不好玩。"

"还索然无味呢，你当是吃炸鸡呢？"

"你这么一提示，我还真饿了，不如咱们一会儿就去吃饭吧！"罗鼓把鞋子小心地放到鞋架上，突然想起了什么，表情坏坏的，眼珠一转，出其不意地问："你的鞋多大码的？"

莫洛笛哭笑不得，"我穿多大的鞋码与你有什么关系？你职业病吧！"话未完，她的脚就被罗鼓抓住了，他一只手托着那只脚，另一只手迅速地伸出指头丈量了一下，蛮有把握地说："38码，错不了！"

莫洛笛回给他三个字："神经病！"

两个人开车行驶在爱琴海边的时候，还在吵来吵去。瑰丽的夕阳就在前方，美若梦境，满耳都是罗鼓的聒噪声，让莫洛笛不胜其烦，她打开窗户，想将聒噪声放出去一些。车里放着莎拉·布莱曼的《斯卡布罗集市》，罗鼓的声音将这首歌的神秘、伤感与空灵气息破坏得荡然无存。

"我跟你在一起，怎么感觉这么别扭呢？浑身都不自在，这到底是怎么回事？"罗鼓坐在副驾驶上，将座位调得很靠后，半躺了下来，舒服地伸展着四肢。

"这还用说吗？环境的不同，年龄的差距，性格的反差，价值观的碰撞，这些不都是矛盾点吗？活该我俩在一起就要起战争。"

"别这么说。战争倒不至于，没那么夸张，咱俩这顶多就是小打小闹。"罗鼓懒洋洋地说。

"我天天忙得要死，跟你这种人一起简直浪费生命。陪着你多转一天，我心里的罪恶感就增加一分。"

"为了不浪费生命，我们演绎一曲浪漫的姐弟恋如何？不是传说爱琴海能让人一见钟情嘛。"罗鼓突然坐了起来，神秘兮兮地说，把莫洛笛吓了一跳。

"滚远点，拿这一套逗小姑娘去！我看你跟莫洛可倒挺般配，都是无厘头加不靠谱。"

"确实我俩在一起挺协调，但无奈不来电啊！"罗鼓悻悻地说，语气又神秘起来："你知道我这次来雅典的愿望是什么吗？那就是和一个心爱的女人一起畅游爱琴海，感受一下圣托里尼岛传说中最美的落日。"

"你的愿望的确够浪漫也够诱人的，赶紧找一个心仪的人去尝试一下吧，看夕阳正好，别在我这里浪费了时间！"莫洛笛说着，望了一眼窗外将落的夕阳，稍一走神，方向盘就歪了一下，眼看就要与迎面而来的一辆越野车"吻"上了，一旁的罗鼓迅速反应过来，拼力扭转了方向，车"哐"地撞在路边的山岩上！

两个人坐在车上，心有余悸地你看看我，我看看你，罗鼓的碎嘴子也终于熄火了。车体被撞得伤痕累累，幸而人只受了点皮外伤。这个结果比两车相撞好多了。

打了救援电话后，车被拖去修理厂维修了，两人只好在山上的民宿里过夜。

罗鼓睡不着，拎了一瓶葡萄酒来到山石上，想欣赏着美景自斟自酌一番，却发现一个熟悉的身影早已坐在那里了，是莫洛笛。

风扬起她长长的头发，背影看上去无限美好。

"虽然这里是希腊雅典，但此刻我好像就在故乡的山城，从来没离开过一样。"罗鼓来到莫洛笛身后，说。

莫洛笛拍了拍身边的石头，罗鼓就坐下了。

山下是深蓝的爱琴海，头顶是深邃的星空，借着这瓶葡萄酒，两人打开了心扉。罗鼓说，他在少年时代正叛逆期的那段时间，经常跟老爸吵架斗法，父子俩一有冲突，他就跑出来，坐在山城高处的某块石头上，一坐就是一夜。就像此刻这样，头顶是深邃的星空，只是脚下的不是大海，而是茫茫的雨雾。

"叛逆期？你好像至今叛逆期也没过去嘛。"莫洛笛说："父子俩估计是很难交心的，钢铁直男嘛。父女俩就会好很多，就像我跟老爸，总有一方会提前缴械投降，因此不会闹到独自跑出来望星空的程度。所以，我没有你那样的体验，但我能理解你的心情。"

罗鼓点点头，这次他没有反驳更没有找茬。

莫洛笛问他，那你妈妈呢？她在你成长的过程中扮演什么角色？

罗鼓苦涩地笑了，说，她在我七岁的时候就没了。车祸。那一幕我至今忘不了，估计是一辈子的阴影了，甩都甩不掉。每当我静下来的时候，它就会快速笼罩了我，就像此刻。

莫洛笛没有想到，他也有这样的忧伤时刻，并且是深沉的忧伤时刻。她不知如何安慰，只能陪着他就这么坐着，想起来就喝一口葡萄酒。罗鼓问莫洛笛，是否也有终生难忘的事情？

莫洛笛回答，有，当然有。2010 年希腊经济滑坡事件你可曾听说过？

罗鼓点点头。

莫洛笛说，那段时期给我的餐厅、给我们的生存造成的压力，至今想起还令我透不过气来，它直接影响了我的性格、爱情与前程。我一人肩负着全家的生存重担，最难的时候，餐厅一天没有一个顾客，一开门就赔本，如果不积极自救，很可能你这次来就品尝不到餐厅的美食了，而我此刻也可能正拿着一串廉价的手工艺品，正在向身为旅客的你兜售呢……

莫洛笛说着，就哈哈大笑起来，罗鼓也跟着笑。笑完之后，便是无边无际的沉默，在爱琴海的夜风里，两个人的眼睛里都闪

第七辑　爱就一个字

着泪光。

罗鼓的考察任务完成，要回国了，他的情绪有些低落，而莫洛笛想到没人吵架了，心里也莫名空荡荡的。好像有一些压抑着的东西，找不到出口了。罗鼓来邀请莫洛笛去看爱琴海的落日，莫洛笛想起他那句"要跟心爱的人去看落日"的话，就拒绝了，说："咱们那次开着车，不是顺便也看了吗？"

罗鼓说："那不算。"

莫洛笛便说，吉恩已经陪她去看过多次了，她在餐厅，每天都呼吸着从爱琴海方向吹来的风，每天都远远地沐浴着落日的光芒，早已经没什么新鲜感了。况且，她近期餐厅有点忙，攒下的事儿巨多，希望他邀请别的人去看，莫洛可不是正有空吗？

罗鼓没再说什么，当着她的面给莫洛可打了电话，又给吉恩打了电话，邀请他们一起去看落日。莫洛笛没想到他还会来这一手。罗鼓用眼睛斜睨着她说："这下总该行了吧？"

在罗鼓回国前的这天，四个年轻人来到圣托里尼岛，希望看到爱琴海最美的落日。当落日在大海上渐入佳境时，罗鼓却突然从船上跳了下来，独自向远方游去，游得又急又快，像跟谁赌气似的。大家吓了一跳，莫洛可更是着急地喊了起来。

看着罗鼓不管不顾疯狂游着的样子，莫洛笛骂了一声："这个不省心的"也跳了下去。

落日如火燃烧，在众人的视线之外，罗鼓回过头，将莫洛笛紧紧拥在了怀里……

在雅典飞机场，刚送走罗鼓的莫洛笛打开了一个包装精美的盒子，那是罗鼓送给她的神秘礼物。

　　盒子一打开，莫洛笛就惊呆了：那是一双美丽绝伦的红色高跟鞋，38码的，正是她的鞋码，尺寸刚刚好，这是罗鼓平生第一次亲手制作的艺术品……

◀ 爱琴海的落日

在一次争吵后，秦苏蔓向温谷生提出了分手。

他俩原本是一对平静的恋人，温谷生比秦苏蔓大十几岁，被戏称为"大叔"，他对苏蔓事无巨细地照顾，却让秦苏蔓越来越厌倦，因为，她感觉自己已经连自理能力都快丧失了。

看来，人不能惯着，否则就完蛋了。秦苏蔓觉得，自己是为了拯救自己才与温谷生分手的，但一旦分开后，她却有些无所适从，一时无法从巨大的惯性中适应过来。

为了抹去从前的记忆，秦苏蔓只身飞往希腊去度假旅行。人一旦没有了羁绊，胆儿就肥了，比鲤鱼还肥。

在希腊雅典，苏蔓找到了在这里开咖啡店的素素。素素对苏蔓的只身前来没表现出丝毫的惊讶，她是苏蔓的发小，来希腊发展已经多年，算是一个老希腊了，不过她跟苏蔓说，她的心还是中国心，她的朋友都还是中国人。

三年前，秦苏蔓和温谷生来雅典旅游时，常在素素店里驻足，喝着素素亲自调配的咖啡，慢悠悠地聊着天，仿佛时间并不存在。现在回想起来，还会感到莫名的惬意，当然，也有些惆怅。

就是在这里，她们三个曾经相约，三年后再一起看爱琴海最美的落日，而今秦苏蔓却自己来单刀赴会了。温谷生说话口音重，说"爱琴海"时总会说成"爱情海"，令她和素素掩着嘴笑，却又莫名地喜欢这种感觉，她们都相信爱琴海的确与一个"情"字有关。即使"情"字消失了，大海也永远都在，浪漫的气息还是会随风飘荡。

这次，秦苏蔓不打算在素素的店里逗留，以免她问东问西，又将她的烦恼勾起。她觉得再好的朋友，也不能毫无隐私，将满腹的心事和盘托出。她鼓起勇气向素素借车环游群岛，素素显得有点为难，但稍做犹豫还是答应了。能将自己的坐骑轻易出借的人，真不是一般朋友，秦苏蔓忍不住拥抱了她一下。

秦苏蔓开始了在爱琴海群岛的自驾之旅，然而沿海公路的美景却唤不起她的兴致。真是邪门了！一个人自由自在无拘无束地驾车游玩，不是她做梦都想干的事吗，为什么美梦成真了却并不快乐？

这天，车神使鬼差般地在盘山路上抛锚了，正当秦苏蔓焦头烂额时，恰好一辆越野车经过，驾车的金发帅哥吹着口哨下了车，询问了情况后，便帮秦苏蔓给维修公司打了电话。

车被拖走后，金发帅哥将手一摊，问秦苏蔓接下来怎么安排？秦苏蔓苦笑着说："出师不利，无家可归！"

金发帅哥听不懂她复杂的汉语，秦苏蔓也懒得跨越这根本不可能跨越的文化障碍去给他解释。金发帅哥双眼亮亮地邀请她同游海岛，她毫不犹豫地答应了，在上他的越野车之前，却悄悄将他的车牌号拍下来，发给了素素，以防万一。

公路犯罪片秦苏蔓看过不少，此类被劫持事件的新闻也发生过多起，尽管被温谷生照顾得快退化成婴儿了，但这点警惕性秦苏蔓还是有的。在异域他乡，不比在国内，再狂野大胆也要发如细丝，这样才能在遇到危险时有后路可退。

驾车的希腊男子名叫大卫，比秦苏曼小几岁。他的英俊程度足可以与那座同名的雕像相媲美，但雕像是沉默的，他的话却特别多，一嘟噜一串的像葡萄，这让秦苏蔓不由得怀念起温谷生的木讷来了。

沿路上天高海阔，到处弥漫着大海的味道，这不一样的异域风情让秦苏蔓有点儿迷醉，也有几分恍惚。

大卫边开车边妙语连珠地讲着笑话，有时候忍不住手舞足蹈，有一种完全不顾别人死活的兴奋。

秦苏蔓悄悄观察着他，觉得他有点像好莱坞老影星克拉克·盖博，身上有种谜一样的气质，又有几分坏坏的"痞气"，据说，这种亦正亦邪的"痞帅"对女性有致命的杀伤力，但又会令人失去安全感。这种陌生的体验，令秦苏蔓犹如置身一部怀旧电影中。

身为本地土著的大卫主动承担了导游的角色，他们一同游览了爱琴海上的伊兹拉岛、米克诺斯岛等岛屿，还去了伊瑞克提翁神庙、奥林匹亚宙斯神庙，登上了制高点的帕特农神庙……

古老神话的气息，飘散在这里的每一个角落。

但每到一个熟悉的地方，秦苏蔓眼前就不由自主地浮现出她与温谷生旧日游玩的情景：她们骑着租来的摩托车沿着爱琴海飞奔；在海边的夜幕下看星星；划船比赛谁先到达终点；在车上打瞌睡时，谷生因为担心她被磕，将她的头拢在怀里；在岛上的小吃街，他们边吃东西边听艺人的演唱，累了，谷生就背着她前行，招来各国情侣们艳羡的目光⋯⋯

但渐渐地，谷生的身影就被幽默俏皮、无拘无束的大卫替代了，爱琴海的古老文明和旖旎风光，让苏蔓陶醉并有些忘乎所以，她在不知不觉放下了戒备，毕竟身边有一位异国帅哥的陪伴让她很受用。

她曾经对谷生说过，这世上最幸福的事情，就是在旅途中，坐在一个靠窗的位置，浏览着变幻不定的风景。身边，还有一个爱你的人紧握着你的手。这些，如今似乎都实现了。秦苏蔓有些惶恐起来，难道自己爱上这位活泼健谈的异国帅哥了？

然而，她很快就发现，大卫其实不是她想象的样子，从让她搭车的那一刻起，他就有企图——或者不能说是企图，而是不同的文化背景造就的自由奔放的个性。同游的过程中，岛上的小旅馆里，他一次次粗暴地试图越过那道栅栏，却被心烦意乱的秦苏蔓推开了。

大卫的很多表现，既有年轻人的冲动，又像个孩童一样地幼稚不成熟，令苏曼啼笑皆非。

越野车继续行进在环岛路上，迥然不同的景色扑面而来，却再也冲淡不了暗暗滋生出来的尴尬。每到一个地方，唤起的都是与温谷生的回忆，秦苏蔓终于意识到，她是离不开谷生的，爱就是一种依赖，它是戒不掉的。

一切突然在秦苏蔓眼前明晰起来。她决定最后再看一次爱琴海的落日，就回国去与谷生重归于好。这一次，等于她一个人来替温谷生履行了约定。

　　秦苏蔓让大卫停车，告诉他，她想一个人下来静一静，让他在车里等她。她当然不能跟大卫说，她要一个人看落日——一个人看两个人的落日。

　　不明就里的大卫想也没想就答应了。

　　一下车，海风便迎面扑来，热情得令秦苏蔓喘不过气来。她发现，习惯了温谷生的平和，她已经无法接受太热烈的事物了。

　　小岛上，有很多相依相偎的情侣在等待着看最美的落日，为了那美轮美奂的一刻，他们从不同的地方甚至不同的国度赶来。可就在这时，秦苏蔓却无意间发现了一对熟悉的身影，他们相拥着，朝落日的方向走去，一个稳健踏实，一个裙裾飘飘，看上去很像温谷生和她的发小素素。

　　这是怎么回事，是她看花了眼，还是她做了一场梦？

　　波光粼粼的爱琴海上，落日越来越瑰丽，最惊艳的时刻即将到来，秦苏蔓却站在那万丈霞光里，被点穴了一般呆住了！

无法抵达的旅程